スナッフ・ムービー
生殺人映画

猟犬稼業

南 英男

MINAMI Hideo

文芸社文庫

目次

第一章　二発の凶弾

1

暴漢が潜んでいるかもしれない。

緊張感が高まる。力丸航平はパーリーグレイのエルグランドの運転席で、視線を目まぐるしく動かした。港区赤坂にある東洋テレビの地下駐車場だ。エルグランドは会社の車である。

七月上旬のある深夜だった。午後十一時を回っていた。

怪しい人影は見当たらない。

不審な車輌も目に留まらなかった。警戒心を解く。力丸は、かたわらの人気ニュースキャスターの露木亜弥を目顔で促した。

亜弥の整った顔から強張りが消えた。二人はエレベーターホールの端に立っていた。

力丸は元刑事である。三十七歳になったばかりだ。外見は優男タイプだが、腕力には自信があった。

全身の筋肉は引き締まり、ほとんど贅肉は付いていない。現在は『共進警備保障』で、要人護衛室の主任を務めている。

二十九歳の亜弥は二年前まで、東都テレビ社会部の記者だった。いまはフリーだ。美貌と知性を買われ、東洋テレビの『ニュースオムニバス』のメインキャスターに起用されたのである。番組の視聴率は二十パーセントを割ったことがない。

亜弥は五日前、番組の中で論壇の右傾化を憂慮していた。護憲派の彼女は、事あるごとに憲法九条を大切にすべきだと発言しつづけてきた。

そうしたコメントが極右団体を刺激したのだろう。一昨日の午後、局宛に亜弥を殺害するという予告メールが送信されてきた。番組のプロデューサーは報道局長と相談し、地元署にニュースキャスターの身辺警護を要請した。

しかし、亜弥は民間人だ。政治家やエリート官僚と同じ扱いはできない。所轄署は、殺人予告メールを送りつけた勝又義敬という狂信的な行動右翼の監視に留まった。

そんなことで、東洋テレビは露木亜弥の身辺護衛を依頼してきたわけだ。

担当になった力丸は早速、勝又のことを調べた。三十六歳の行動右翼は、一年以上も前に所属政治結社を除名されていた。

前科四犯だった。定職には就いていない。勝又は数人の同志と進歩的な文化人たちに脅迫状を送りつづけていたが、テロ行為までには及んでいなかった。

だが、今回の殺人予告は単なる威嚇ではなさそうだ。力丸はきのうの朝から、露木亜弥のガードに専念していた。

「暴力で言論を封じようなんて、最低だわ。わたしはどんな脅迫にも屈しません」

亜弥が呟いた。自分に言い聞かせるような口調だった。声はわずかに震えを帯びていた。

力丸は、亜弥をエルグランドに導いた。

人気ニュースキャスターを素早く助手席に坐らせ、運転席に入る。だが、すぐにはエンジンを始動させなかった。

力丸は耳に神経を集めた。

異常な音は聞こえなかった。妙な臭いもしない。力丸はイグニッションキーを回し、周囲に目を配った。誰もいなかった。ひとまず安堵する。

力丸はギアをDレンジに入れた。ちょうどそのとき、亜弥が口を開いた。

「ちょっと夜食を摂りたくなったんだけど、いけないかしら？」

「ご自宅で何か食べられたほうがいいと思います」

「でも、急に『グラナーダ』のパスタが食べたくなっちゃったの」

「呑気だな。あなたは命を狙われてるんですよ」

力丸は苦言を呈した。

「ただの威しだと思うわ、殺人予告メールは」

「そうだといいが……」

「わたし、びくついてると思われたくないのよ。別に非があるわけじゃないんだから、堂々としていたいんです」

「わかりました。いいでしょう」

「話のわかるガードマンさんでよかったわ」

亜弥が小さく笑った。匂うような微笑だった。零れた白い歯が美しかった。

美人キャスターは理智的な面立ちだが、取り澄ました印象は与えない。色香も漂わせている。黒曜石を連想させる大きな瞳はどこか妖しい。ほっそりとした項と官能的な唇は男の何かをそそる。しっとりとした声も悪くない。

力丸はエルグランドを発進させた。

地下駐車場を出て、一ツ木通りに面したイタリアン・レストランに向かう。局の近くだった。二人は洒落た造りの店に入り、見通しの利く席に落ち着いた。客席は半分ほどしか埋まっていない。暴漢を見落とすことはないだろう。

亜弥は、ラザニアとアイスティーをオーダーした。力丸はカプチーノだけを頼んだ。

客の大半はテレビ局員とタレントだった。人気急上昇中のお笑い芸人が何やら深刻そうな顔で、マネージャーらしき男と話し込んでいる。私生活で何か悩みでもあるのだろうか。

「煙草、吸わせてもらいます」

力丸は亜弥に断って、セブンスターに火を点けた。

「あなたは早明大時代にボクシングをやってらして、三年連続でウェルター級の学生チャンピオンだったとか？」

「もう昔の話です」

「でも、心強いわ。柔道と剣道は、どちらも二段なんですってね」

「知力で勝負できないんで、体力づくりに励んだんですよ」

「ご謙遜なさってるのね。頭も切れそうだし、マスクもいいわ。さんざん女性を泣かせてきたんでしょうね」

「もっぱら泣かされてきました」

「嘘ばっかり！」

亜弥が力丸を甘く睨んだ。ぞくりとするほど色っぽかった。

会話が中断したとき、ウェイターがアイスティーとカプチーノを運んできた。力丸は短く礼を言った。ウェイターが遠ざかると、亜弥が先に沈黙を破った。

「三年前まで刑事さんをしてらしたんですってね。警視庁の捜査一課にいらしたの？」

「残念ながら、一度も本庁勤めにはなりませんでしたね。新宿署刑事課強行犯係、池袋署刑事課暴力犯係、渋谷署生活安全課保安係と所轄を転々としてたんですよ」

「そうなの。なんで民間会社に移る気になったんです？」

「成り行きで、なんとなくね」

力丸は曖昧な答え方をした。

亜弥は深く詮索しなかった。ありがたく思えた。転職には苦い過去が絡んでいた。

力丸は紫煙をくゆらせながら、カプチーノを啜った。うまい。本場の味だった。こってりと濃かったが、喉ごしはよかった。煙草の火を揉み消したとき、ラザニアが届けられた。

「失礼して……」

亜弥がフォークを手に取った。

力丸は少し体を傾けた。視線がまともにぶつかったりしたら、亜弥が食べにくいだろうと気遣ったのだ。食べる行為は、どこかエロティックだ。知り合って間もない男性の前で口を動かすことを恥じらう女性は少なくない。

力丸は三年前に渋谷署を去った。依願退職ではなかった。懲戒免職だった。

力丸は、本気で惚れていた覚醒剤常習の女性を逮捕直前に逃亡させ、偽名で専門医院に入院させた。ところが、その彼女は翌日にクリニックを脱け出し、数日後に繁華街で麻薬所持容疑で現行犯逮捕されてしまった。

力丸は愕然とした。命懸けで麻薬と縁を切ると誓った相手を信じきっていた。

それだけに、ショックは大きかった。自分の甘さを呪った。心を許した相手に裏切られたという思いがいまも消えない。

力丸は犯罪者の逃亡を手助けしたことで、職を失った。ただし、刑罰は科せられずに済んだ。マスコミにも伏せられた。したがって、懲戒免職になったことは世間には知られていない。

別段、警察の上層部が力丸の前途を考慮して、情を示してくれたわけではない。単に身内の不祥事を表沙汰にはしたくなかっただけのことだ。

失業して丸一カ月が過ぎたころ、警察ＯＢである『共進警備保障』の穂積登社長が力丸の自宅マンションを訪ねてきた。現在六十三歳の穂積は、ちょうど十年前まで警察庁刑事局次長だった。国会公務員一般職（旧Ⅱ種）試験を通った準キャリアである。

警察社会は六百数十人のキャリアが支配し、私物化していると言っても過言ではない。正義感の強い穂積は、警察官僚たちの横暴には決して目をつぶらなかった。準キャリアはたったの数十人しかいない。有資格者とはいえ、少数派である。

それでも穂積は、警察社会を内部から変革する必要があると説いて回った。

だが、同調者は現われなかった。孤立無援になった穂積は挫折感を引きずりながら、自ら職を辞することになった。

そのとき、彼は生き方を変えた。権力や財力を握った者たちの犯罪は、法律やモラルでは裁けない。彼らはあらゆる手段を使って、黒いものも白くしてしまうからだ。民主社会でそのようなことがあっていいわけはない。

悪は悪を以て制すほかないのではないか。毒には毒で対抗する。そうでもしなければ、正義は貫けないだろう。

ニーチェの哲学に傾倒していた穂積は、そうした行動美学に則って怪物退治に乗り出す気になった。幸いにも多少の貯えがあった。

穂積は『共進警備保障』を興し、十年で会社を大きく成長させた。いまや八百数十人の社員を抱え、四谷に十一階建ての本社ビルを構えている。支社と営業所は併せて三十近い。

本業のほか農業法人、調査会社、格安弁当屋チェーン、一泊二千円のベッドハウス、リサイクルショップなどを多角経営し、世渡りの下手な貧困層に仕事と住まいを与えてきた。それらの副業は、ボランティア活動とビジネスを融合させた新事業である。

共存共栄の理念を守り抜いていて、利潤だけを追い求めてはいない。

本業の警備保障会社はホームセキュリティー業務、法人警備、建設現場の保全業務、スーパーや倉庫の保安をこなし、要人護衛室では民間SPとして、財界人、文化人、芸能人、アスリート、ベンチャー起業家、マスコミ関係者などの身辺護衛を請け負っている。

ただ、要人護衛室では裏仕事もしていた。顧客や社員が犯罪に巻き込まれたら、〝私設警察〟に早変わりする。捜査当局よりも早く加害者を割り出し、罰として全財産を奪い、密かに闇に葬っていた。つまり、秘密私刑組織である。

そうした話を穂積社長に打ち明けられ、力丸は大いに興味を持った。彼自身も前々から、法の網を巧みに潜り抜けている紳士面した悪人に何らかの形で鉄槌を下したいと考えていたのだ。

穂積の参謀の海老沢智弘は七年前まで、警視庁警備部の警視正だった。力丸は一面識もなかったが、海老沢が高潔な人物であることは伝え聞いていた。

五十五歳の海老沢は要人護衛室の室長に就任して以来、元悪徳刑事たちを使って、救いようのない極悪人を十人ほど抹殺してきた。だが、密殺の実行犯は中高年ばかりだった。

そんなわけで、穂積と海老沢はメンバーを一新することに決めたらしい。

提示された条件は悪くなかった。年俸は一千五百万円で、処刑の報酬はひとりに付き三百万円だった。

力丸は二つ返事で引き抜きの話に乗った。こうして彼は、要人護衛室の主任になったのである。実質的には副室長だ。

海老沢が集めた新メンバーは元刑事、陸上自衛隊のレンジャー隊員崩れ、元公安調査官、元麻薬取締官、元海上保安官など一癖も二癖もある者ばかりだが、一様に狡猾なエゴイストどもを嫌悪していた。価値観は揃って同じだった。

力丸は六人の仲間とＶＩＰのボディーガードを務めながら、この三年間で七人の大悪党から総額二十数億円をせしめ、密かに亡き者にしてきた。どの事件も発覚していない。悪人たちに吐き出させた金は、子会社の運転資金に充てられている。自殺者や行き倒れをひとりでも少なくすることが裏稼業に関わっている者たちの共通した願いだった。

「おいしかったわ」

ラザニアを食べ終えた亜弥が満足げに言った。とうに力丸は、カプチーノを空けていた。

二人は店を出た。エルグランドに乗り込む。亜弥の自宅マンションは乃木坂にある。東洋テレビとは目と鼻の先だ。

力丸は地下鉄赤坂駅の横を抜けて、乃木坂駅方面に向かった。

乃木會館の手前を右折し、聖パウロ女子修道会の並びにある『乃木坂レジデンシャルパレス』の前に車を停める。生垣の際だった。

力丸は先に車を降りた。あたりを見回す。

人っ子ひとりいなかった。エルグランドを回り込み、助手席のドアを開ける。

「ありがとう」

亜弥が優美にシートから腰を浮かせた。一動作ごとに、香水の匂いが鼻腔をくすぐる。馨しい。気分が和む。

力丸は亜弥に寄り添って、石畳のアプローチを進んだ。

両側にはアネモネの花が咲き誇り、目の保養になっている。庭園灯の光が幻想的だった。管理費は安くなさそうだ。

ポーチに達したとき、亜弥が悲鳴をあげた。

彼女は反射的に後退した。その目は集合インターフォンの前に注がれていた。

力丸は視線を延ばした。

一瞬、背筋が凍った。集合インターフォンのほぼ真下には、ビニール袋にくるまれた猫の生首が置かれていた。力丸は凝視した。底の部分には血糊が溜まっている。

その量は夥しかった。袋の内側にも、血の雫が付着している。生々しい。

おぞましかった。長くは正視していられない。猫は鋭利な刃物で首を切断されてから、それほど間が経っていないようだ。

「勝又って脅迫者の仕業でしょうね。きっとこの近くに身を潜めてるにちがいないわ」

亜弥がさらに後ずさった。すっかり怯えきっている。

「落ち着くんだ」

「わたし、まだ死にたくない」

「見ないほうがいいな。目を閉じてくれないか」

力丸は亜弥に声をかけ、猫の生首の入ったビニール袋を摑み上げた。

三毛猫だ。仔猫ではなかった。上瞼は下がりきっていない。舌をだらりと垂らしている。惨たらしかった。

力丸は植え込みの中に分け入り、灌木の奥にビニール袋を置いた。合掌し、ポーチに戻る。

亜弥はタイルの上に坐り込んでいた。女坐りだ。全身をわななかせている。顔面蒼白だった。

「勝又におかしなことはさせないから、安心してくれないか」

力丸は力づけ、亜弥を抱え起こした。

エントランスロビーに入り、エレベーターに乗り込む。亜弥の部屋は八〇五号室だ。

「後で管理人室に行って、不審者を見たかどうか訊いてみるよ」

「力丸さん、今夜はずっとわたしのそばにいて」

「あいにく同僚の女性スタッフは、別の方のガードに当たってるんですよ。露木さんが男なら、泊まり込んでもかまわないんだがな」

「わたしは別に平気よ。間取りは２ＬＤＫなんだし、あなたはガードマンなんだから、問題はないと思うの」

「わかりました。そういうことなら、朝までガードしましょう」

「よろしくお願いします」

亜弥が神妙な顔で言って、頭を下げた。

函が停止した。八階だった。二人はホールに降りた。誰もいない。力丸は亜弥を八〇五号室に先に入らせ、自分も玄関の三和土に滑り込んだ。

玄関ホールの先には、二十畳ほどのリビングルームがある。

その右手が亜弥の寝室だ。反対側には八畳の和室があった。

和室に接してダイニングキッチンがある。家具や調度品はシンプルなデザインだったが、どれも安物ではない。

力丸は亜弥をリビングソファに腰かけさせ、素早く各室を検べた。

異変はない。正午過ぎに亜弥と出かけたときのままだった。

「わたしは居間にずっといます。あなたは早めに寝んだほうがいいな」

「ええ、そうさせてもらいます。失礼して、シャワーを浴びてきますね」

亜弥が椅子から立ち上がった。その直後、サイドテーブルの上で固定電話が着信音を発した。亜弥が受話器を耳に当てる。

「ああ、管理人さんね。さっき集合インターフォンの下に、ビニール袋に入れられた猫の生首が置かれてたんですよ」

「………」

当然ながら、管理人の声は力丸の耳には届かない。

「怪しい人影は見かけなかったんですね？」

「………」

「えっ⁉」

亜弥が送話口を手で塞ぎ、力丸に顔を向けてきた。

「何があったんです？」

「わたしのアルファロメオのトランクルームの中で、タイマーの音がするらしいの。管理人さん、時限爆破装置を仕掛けられたんじゃないかって言ってるんですよ」

「すぐ地下駐車場にわたしが降りていくと伝えてくれないか」

力丸は言った。亜弥が指示に従い、ほどなく通話を切り上げた。

「わたしも一緒に行きます。ひとりで部屋で待ってるのは怖いもの」

「そうだろうね。一緒に行きましょう」

力丸は亜弥を急かし、八〇五号室を慌ただしく出た。地下駐車場に下る。

亜弥の深紅のイタリア車は、エレベーターホールのそばに駐めてある。その横に六十年配の常駐管理人が立っていた。漆原という姓で、力丸とは面識があった。

管理人の様子がおかしい。竦み上がっているように見える。どこかに不審者がいるのか。気持ちを引き締める。

力丸は亜弥を背の後ろに立たせ、周りに目を配った。

不意にアルファロメオの陰から丸刈りの男が現われた。戦闘服姿で、段平を握っている。鍔のない日本刀だ。刀身は六十センチ前後だろうか。波形の刃文が鮮やかだ。反りは小さい。

「勝又だろう。もっと退がっててくれないか」

力丸は亜弥に小声で告げ、麻の黒い上着を脱いだ。ジャケットを左手に持ち、身構える。

「ガードマン、どきな。邪魔すると、てめえも叩っ斬るぞ」

「勝又だな?」

「おう、そうよ。露木亜弥がアカがかったことばかり言ってやがるんで、天誅を下してやるっ」

「そっちの考え方こそ偏ってるんじゃないのか。え？」

「なんだとーっ！　てめえから、ぶっ殺してやる」

勝又が息巻き、段平を斜め上段に振り翳した。剣道の基本姿勢ではなかった。

力丸はステップインして、すぐに退がった。

誘いだった。案の定、勝又が釣られて刀身を振り下ろした。力任せだった。刃風は重かった。

切っ先がコンクリートの床面を叩く。小さな火花が散り、刃先が欠けた。勝又は隙だらけだった。力丸は前に跳んだ。勝又は棒立ちになったままだった。

力丸は相手の腎臓にパンチを叩き込んだ。

勝又が呻いて、前屈みになる。力丸は上着で相手の利き腕を払い、右のショートアッパーを放った。狙ったのは顎だった。

骨と肉が鈍く鳴った。勝又が大きくのけ反って、後方に倒れた。

尻餅をつき、仰向けに引っくり返る。勝又は靴底を晒した。不様だった。

力丸は駆け寄り、鍔のない日本刀を奪い取った。勝又を蹴りつけ、刃先を胸板に垂直に突きつける。

「管理人さん、一一〇番して」

亜弥が切迫した声で言った。漆原が無言でうなずき、管理人室に走った。

「猫の生首を集合インターフォンの下に置いたのは、おまえだなっ」

力丸は勝又に確かめた。

「そうだよ。生意気なニュースキャスターをビビらせてから、ぶった斬るつもりだったんだ」

「おまえの首も段平で刎ねてやろうか」

「ほ、本気なのか⁉」

「おまえなんか殺る価値もない」

「くそっ、威しか」

勝又が忌々しげに舌打ちした。

血が逆流した。力丸は、勝又の睾丸を思うさま蹴った。

勝又が獣じみた声をあげ、手脚を縮めた。まるで怯えたアルマジロだった。勝又が唸りながら、転げ回りはじめる。

「アクション映画を観てるようだったわ。強いのね」

亜弥が、ほっとした表情で言った。

「こっちは番犬ですからね。それなりの働きをしないと、一日十五万円の報酬は貰いにくいでしょ？」

「それにしても、おみごとだったわ」

「相手が弱かっただけですよ」

力丸は面映ゆかった。実際、暴漢が何か格闘技を心得ていたら、てこずっていただろう。運が悪ければ、殺されていたかもしれない。

管理人が駆け戻ってきて、力丸に粘着テープを差し出した。

力丸は段平を漆原に預け、勝又を俯せにさせた。手早く後ろ手に粘着テープで両手首を括る。

それから間もなく、赤坂署の地域課巡査が駆けつけた。

二人だった。どちらも若い。やや遅れて所轄署の刑事たちが臨場した。四人だった。

力丸たち二人は事情聴取を受けてから、八〇五号室に戻った。

すると、固定電話が鳴っていた。亜弥が居間に走り入って、受話器を摑み上げた。

彼女は戦き、すぐに電話を切ってしまった。

「電話、誰からだったんです？」

「勝又の仲間からよ。自分が仲間に代わって、わたしを殺すと言ったの。公衆電話からだったみたいだから、相手のナンバーはわからなかったわ」

「気にすることはないですよ。シャワーを浴びて、横になったほうがいいな」

力丸は言った。

亜弥が素直に浴室に向かう。力丸はリビングソファに坐り、煙草をくわえた。

数十分後、バスローブ姿の亜弥が浴室から出てきた。さすがに恥ずかしそうだった。亜弥はうつむき加減で寝室に消えた。

力丸は十分置きに部屋の前の歩廊（ほろう）に出た。しかし、勝又の仲間らしき男が忍び寄ってくる気配はうかがえなかった。

日付が変わった。

寝室にいる亜弥から呼ばれたのは午前二時半過ぎだった。力丸はためらいながら、ベッドルームに入った。仄暗（ほのぐら）かった。

十二畳の洋室には、フットライトが灯（とも）っているだけだった。セミダブルのベッドに身を横たえたネグリジェ姿の亜弥は、タオルケットの中で震えていた。夏風邪をひいたのか。

「具合が悪くなったんですね？」

「そうじゃないんです。恐怖で、ずっと体の震えが止まらないの。添い寝をして、タオルケットごと力強く抱いてほしいんです」

「それはちょっと……」

「お願いだから、わたしの震えを止めて！」

「わかりました」

力丸は上着を脱ぎ、亜弥の横に寝そべった。タオルケットの上から両腕で亜弥の肩を包み込む。柔肌の感触が伝わってきた。

「こうさせて」

亜弥が体の向きを変え、子供のようにしがみついてきた。

二人は幼い兄妹のようにひしと抱き合い、じっと動かなかった。息と息がもろにぶつかる。弾力性に富んだ乳房も密着したままだ。

力丸は別段、モラリストではない。それどころか、女好きだった。肌を重ねた相手は五十人では利かない。欲望を抑えるのに苦労した。

亜弥の震えは次第に小さくなったが、完全には熄まなかった。

「少し寝酒を飲んだほうがよさそうだな」

力丸はくだけた口調で提案した。

「お酒なんか飲みたくないわ」

「困ったな」

「ほんの束の間でも、わたし、恐怖から解き放たれたいんです。そうじゃないと、頭がおかしくなりそうなの」

「どうすればいいんだろうか」

「気を紛らせてほしいんです」

「どういう意味なのかな？」

「わたしを抱いて……」

亜弥が力丸の首に両腕を巻きつけ、セクシーな唇を重ねてきた。

そのとたん、力丸の欲情が一気に息吹いた。亜弥の唇を吸いつけながら、穏やかに組み敷く。亜弥が大胆に舌を滑り込ませてきた。力丸は体を斜めにして、舌を深く絡めた。

亜弥が喉の奥でなまめかしく呻いた。

力丸は煽られた。下腹部が熱を孕んだ。力丸はディープキスを交わしながら、ネグリジェの前ボタンを一つずつ外しはじめた。

2

肩を揺さぶられた。

それで、力丸は眠りを解かれた。亜弥のベッドの上だった。出窓のあたりがうっすらと明るい。朝になったのだろう。

「おはよう。起こすのは気の毒だと思ったんだけど、きょうは正午前に局に入って番組の進行の打ち合わせがあるので……」

ベッドの際(きわ)で、部屋の主が言った。軽装だったが、すでに薄化粧をしている。息を呑(の)むほど綺麗(きれい)だった。

「そうだったね」

力丸は半身を起こした。トランクスだけしか身に着けていない。男女の仲になったことで、二人はぐっと打ち解けていた。

「わたし、ふしだらな女と思われたでしょうね。はしたないお願いをしちゃったわけだから。ご迷惑をかけてしまって、ごめんなさい」

「謝(あやま)らなきゃならないのは、こっちだよ。大事な依頼人を抱いてしまったんだから。それも二度も抱いた。言い訳になるが、どうかしてたんだろうな」

「力丸さん、ご自分を責めないで。何かに没頭して恐怖心をなくそうとしたのは、わたしなんですから」

「それにしても、十代や二十代の坊やじゃないんだ。大人なら、自制すべきだったんだろう」

「昨夜(ゆうべ)、ああなったことを後悔してるのね」

亜弥が顔を翳(かげ)らせた。

「きみは顧客なんだ。分別が足りなかったな。しかし、予想外のハプニングが訪れたことには感謝してる」

「あなたのおかげで、四時間ほどぐっすりと眠れたわ。ありがとう。きのうのことは、二人だけの秘密にしといてね」

「もちろん、口外なんかしないさ」

「朝食の用意をしたの。シャワーを浴びたら、食事にしましょうよ」

「いろいろ世話になっちゃったな」

力丸は言って、ベッドの下にきちんと重ねられた自分の衣服に手を伸ばした。

亜弥が寝室から出ていった。力丸はスラックスを穿き、素肌に長袖シャツを羽織った。ベッドに腰かけ、セブンスターをゆったりと喫う。

前夜の情景が脳裏にありありと蘇った。

美人ニュースキャスターは官能に火が点くと、恣に振る舞った。大胆な痴態も見せた。力丸はそそられ、ダイナミックに応えた。

亜弥は幾度も愉悦の極みに達した。

しかし、乱れ方には品があった。圧し殺した甘やかな唸りは控え目なスキャットのようだった。体の反応も情熱的でありながら、どこか羞恥心がにじんでいた。それが新鮮だった。

亜弥は好みのタイプに近い。だが、力丸は彼女にのめり込む気はなかった。魅せられた異性と支え合って生きていきたい願望はある。

しかし、三年前の苦い思いがまだ尾を曳いていた。どんな女性も無垢な気持ちでは信じきれなかった。これまで数多くの異性とベッドを共にしてきた。だが、いつもどこかで醒めていた。相手に多くを求めないことが習い性になっていた。

肌を重ねている間は心もほぐれ、虚しさや寂しさを忘れられる。だが、それ以上のことを相手に期待したら、早晩、落胆させられるのではないか。そうした強迫観念が抜けきっていない。

力丸は一服すると、寝室を出た。

バスルームで、手早く髪と体を洗う。いったんベッドのある部屋に戻って、力丸は身繕いをした。ダイニングキッチンに歩を運ぶと、コーヒーの香りが漂っていた。

食卓には、ハムエッグ、野菜サラダ、トーストなどが載っている。

「たいした食材がなかったから、これで我慢してね」

「充分だよ」

「さ、食べましょう」

亜弥がダイニングテーブルに向かった。力丸は亜弥と差し向かいになって、コーヒーをブラックで飲んだ。なんとも照れ臭い。

「力丸さんの自宅は池尻大橋のマンションだという話でしたよね？」

「そう。賃貸の１ＬＤＫなんだが、めったに自炊したことはないんだ。朝食は抜くことが多いな」

「朝は、しっかり食べないと。わたし、どんなに忙しくても、朝食は抜かない主義なの」

「そのほうがいいと思うよ」

「こうして男性と自宅で朝ご飯を食べるのは、キャスターになって初めてだわ。なんかいい感じ」

「こっちも悪い気分じゃないよ」

「そう言ってもらえると、わたしも嬉しいわ。力丸さんのこと、もっと知りたくなっちゃったな」

「たいした男じゃないよ。ちゃらんぽらんな生き方をしてるからね」

「ちょっと悪党(ワル)っぽいけど、きちんと自分の行動哲学を持ってるんでしょう？」

亜弥が言って、ハムを切り分けた。

「それは買い被(かぶ)りだな。われながら、いい加減な生き方をしてると思うよ。女にはだらしがないし、金遣(づか)いは粗(あら)いしね。あまり仕事熱心とも言えない」

「予防線を張られちゃったのかしら？」

「え？」

「親密な女性がいるみたいね」

「もう何年も特定の彼女はいないんだ」

「本当に？」

「ああ」

「それだったら、わたしたち、少しつき合ってみません？」

「こっちに深入りしないほうがいいよ」

力丸はバタートーストを齧りはじめた。イギリスパンだった。

「あら、どうして？」

「本当にろくでなしなんだよ、おれは。それに、異性を信じてないんだ」

「何か心的外傷があるのね。どこかミステリアスな男性だと思ってたけど、やっぱり過去に何かあったんだ。あなたのこと、本気で深く知りたくなったわ」

「おれも、きみには関心があるよ。しかし、プライベートなつき合いは避けよう。もちろん、きみのガードはする」

「フラれちゃったか」

亜弥がヤンキー娘のように肩を竦めた。笑顔だったが、その目は悲しげだった。

「弾みで男と女が触れ合った。そういう短いロマンスも悪くないじゃないか」

「そう思うことにするわ」

「同僚の女性スタッフに担当を変わってもらおう。そのほうがいいと思うよ。このままだと、公私混同しそうだからね」

「力丸さんがそう考えてるんだったら、そうしてもかまわないわ」

「きちんと引き継ぎはするよ」

「あなたとは長いつき合いになるような予感がしてたのよ。とっても残念だわ。でも、縁がなかったのね」

「すまない」

「ううん、いいの。気にしないで」

「せっかくだから、いただくよ」

力丸はトーストを食べると、ハムエッグと野菜サラダも平らげた。亜弥はトーストを半分しか食べなかった。気まずい。当然、会話は弾まなかった。

力丸は汚れた食器をシンクに移し、居間のソファに坐った。

亜弥がハミングしながら、マグカップや皿を洗いはじめた。虚勢を張っている姿が痛ましかった。さすがに後ろめたい。

煙草を喫(す)おうとしたとき、懐(ふところ)で仕事用のスマートフォンが着信音を発した。

力丸はスマートフォンを取り出した。ディスプレイを見る。発信者は要人(VIP)護衛室の海老沢室長だった。

「なぜ昨夜(ゆうべ)の出来事をすぐ報告しなかったのかな？　例の行動右翼が露木亜弥の自宅

マンションの地下駐車場で段平を振り回したそうじゃないか」

「さすがに室長ですね。これから前夜の一件を報告しようと思ってたんですよ。真夜中の出来事だったし、依頼人も怯(おび)えきってたので」

「それで、顧客宅に泊まり込んだんだな?」

「ええ」

「まさか妙な気を起こしたんじゃないだろうな。おまえさんは女好きだからな」

「ご心配なく。最近は、草食系男子を心掛けてますので」

「冗談はともかく、美人ニュースキャスターの担当を外れてくれ」

「何があったんです?」

力丸はリビングソファから立ち上がり、寝室に移動した。

「きのうの夕方から、香取(かとり)と連絡が取れなくなってるんだ」

室長が沈んだ声で言った。

要人(VIP)護衛室のメンバーの香取昌樹(まさき)は元海上保安官だ。ちょうど三十歳である。香取はギャンブル好きだった。海上保安官時代に押収した密輸物をくすね、換金してしまった。そのことを上司に知られて、失職したのだ。

賭(か)け事に溺(おぼ)れていたが、香取は海上保安官としては優秀だった。正義感が強く、人柄も悪くなかった。そんなことで、海老沢が香取をメンバーに加えたのである。

「わたしの勘では、香取は何か犯罪に巻き込まれたんだと思う」

「確かあいつは三日前から、著名な映画監督の護衛に当たってたんでしたよね？」

「そうなんだ。顧客の的場譲二、五十四歳は関西の極道に付け回されてるからとガードを依頼してきたんだよ」

「そういう話でしたね。的場監督はかなりの女狂いらしいから、極道の愛人にでも手をつけちゃったんでしょう」

「依頼人は、そのあたりのことは具体的に話してくれなかったんだ。しかし、極道の影に怯えてる様子だったな」

「そうですか。的場監督のスマホにも繫がらなくなったんですね？」

力丸は確かめた。

「ああ、そうなんだ。香取と監督のスマホは、何者かに電源を切られてしまったんだろう」

「二人は拉致されて、どこかに監禁されてるのかもしれないな」

「考えられるね。最悪の場合、もう二人は殺されてるということも……」

「香取はちょうど一年前に結婚して、奥さんは身重でしたよね」

「来月が臨月のはずだよ。香取に万が一のことがあったら、奥さんはシングルマザーになってしまうな」

「室長、ネガティブ・シンキングはやめましょう」

「そうだな。そんなことで、力丸には香取と的場監督の行方を追ってもらいたいんだ」

「了解しました」

「雨宮(あまみや)をそっちに向かわせたから、彼女が到着したら、力丸はいったん会社に戻ってくれないか。詳しいことは後(あと)で話す」

海老沢が電話を切った。

要人護衛室(VIP)の紅一点の雨宮真衣(まい)は三年前まで、警視庁捜査三課スリ係の刑事だった。真衣は大物箱師(はこし)に張りついている最中、京浜東北線の電車内で背後の乗客にヒップを揉(も)まれた。彼女は内偵捜査を中断し、四十八歳の痴漢を次の停車駅のホームに引きずり下ろした。

それだけではなかった。真衣は相手の頬(ほお)をバックハンドで殴り、ホーム下の線路に突き落とした。痴漢行為に及んだ自動車のセールスマンは、左腕と肋骨(ろっこつ)を骨折してしまった。そうした事件を引き起こし、真衣は職場に居づらくなったのだ。

しかし、彼女は有能な刑事だった。その上、美人で頭もシャープだ。二十八歳だが、まるで男っ気がない。同性愛者ではなさそうだが、あまり異性に関心を持っていない様子だ。

真衣は性犯罪者たちを露骨に軽蔑(けいべつ)し、ひどく嫌っていた。男性に対する警戒心は病的ですらあった。同僚の男性が肩を叩いただけでも、表情が険しくなる。幼い時分に性的ないたずらをされたことがあるのかもしれない。

力丸はスマートフォンを麻のジャケットの内ポケットに収め、寝室から居間に移った。

「わたし、そろそろ出かける支度をします」

亜弥が幾分、よそよそしい顔で言った。交際の申し込みを断られたことで、女心が傷ついたのだろう。

「間もなく交代要員の同僚女性がここに現われる。雨宮真衣という名で、三年前まで本庁捜三でスリ係をやってたんだ」

「スリ係の刑事さんだったの」

「そんなにがっかりしないでほしいな。雨宮は合気道三段なんだ。もちろん、柔道と剣道の心得もある。並の男じゃ、太刀打ちできる相手じゃない。勘も鋭いから、勝又の仲間がきみに接近したら、すぐに取り押さえてくれるだろう」

「それなら、頼りになりそうね。ひょっとしたら、その方は力丸さんと同僚以上の関係なのかしら？」

「彼女は、どうも男嫌いみたいなんだ」

「いやだわ。わたし、ジェラシーを感じてしまったのかしら？」

「こういう場合、どう応じればいいのか」

力丸は微苦笑した。

「あっ、誤解しないで。わたし、厭味を言ったんじゃないの。それから、当て擦りでもないわ」

「わかってるよ」

「よかった」

亜弥がにこりと笑って、寝室に入った。ドアが閉められた。

力丸は居間のソファに腰を落とした。十数分待つと、亜弥が寝室から出てきた。サンドベージュのパンツスーツ姿だった。華やかなオーラを放っている。

二人は居間で雑談を交わしはじめた。

部屋のインターフォンが鳴ったのは七、八分後だった。亜弥がソファから立ち上がって、ディスプレイで訪問者を確認する。来訪したのは雨宮真衣だった。

「いまオートロックを解除しますので、八階にお上がりください」

亜弥がインターフォンの受話器を壁掛け式のフックに戻した。

力丸はセブンスターに火を点けた。半分ほど喫ったとき、真衣が八〇五号室にやってきた。力丸は煙草の火を消し、二人の女を引き合わせた。

「お綺麗な方ね」

亜弥が言って、真衣の顔をまじまじと見た。ショートヘアだが、真衣は細面で目鼻立ちが整っている。誰の目にも美人と映るだろう。亜弥と甲乙つけがたい。

「女実業家の若いツバメは完全に追っ払ったんだな?」

力丸は真衣に話しかけた。

「ええ。いつまでも小遣いをせびる気なら、知り合いの刑事に恐喝容疑で逮捕させると脅しをかけときましたので、もう母親よりも年上の依頼人に無心はしないでしょう」

「そうか。お疲れさま！　それじゃ、おれに代わって露木さんのガードをよろしくな」

「はい」

真衣が短い返事をして、亜弥にきょうのスケジュールを訊く。手帳を開いていた。

力丸は真衣に後のことを任せ、八〇五号室を出た。

エレベーターで一階に降り、そのままエルグランドに乗り込む。真衣が使っているプリウスは十数メートル後方に駐めてあった。

力丸は車を走らせはじめた。

最短コースで、四谷の会社に戻る。力丸はエルグランドを地下駐車場に置き、エレベーターで十階に上がった。要人護衛室は奥まった場所にある。

四十畳ほどのスペースはデスクフロアになっていた。八卓の机とソファセットが置いてある。壁際には、スチールキャビネットや資料棚が並んでいた。デスクフロアの向こうに室長室があった。

　力丸は要人(VIP)護衛室に入った。

デスクフロアは、ひっそりと静まり返っていた。力丸がサブリーダーとして頼りにしているレンジャー隊員崩れの笠玲太(りゅうれいた)は数日前から、芸能プロダクションの社長を護衛中だった。依頼人は所属タレントの元同棲相手に逆恨(さかうら)みされ、命を狙われていた。

　三十四歳の笠はレスラー並の巨漢だが、身ごなしは驚くほど軽い。考える前に行動してしまうタイプだ。根は善人だが、気が短い。

　笠は高慢な女性上官の執拗(しつよう)な叱言(こごと)に耐えられなくなって、相手を全裸にし、樫(かし)の巨木の枝に吊(つ)るしてしまった。そのことが問題になり、陸上自衛隊のレンジャー隊から追放されたのだ。

　元麻薬取締官の二階堂太一(にかいどうたいち)は、元暴力団員の百円ショップ経営者の身辺警護を務めている。元やくざは昔の刑務所仲間にバーの開店資金を都合しろとうるさくまつわりつかれて、困惑していた。身に危険を感じ、ガードを依頼してきたわけだ。

　二階堂は薬科大学を卒業している。薬剤師の資格を持っているのだが、厚生労働省の麻薬取締官になった。

　しかし、麻薬を根絶(ねだ)やしにすることはできない。自分の力のなさを責めているうちに、心のバランスを崩してしまった。うつ病治療に専念するため、職を辞したわけだ。

まだ三十三歳だが、十歳は老けて見える。

串田隼人は元公安調査官で、三十一歳だ。盗聴の名人だが、過激セクトのアジトに忍び損い、闘士たちに袋叩きにされた。上司の命令で盗聴器を仕掛けようとしたのだが、事件が表沙汰になると、串田ひとりが悪者にされてしまった。彼はばかばかしくなって、フリーの盗聴器ハンターになった。その七カ月後に海老沢室長にスカウトされ、メンバーの一員になったのだ。

数日前から、串田はＩＴ関連企業を倒産させた男の身辺警護を担っていた。元社長は自己破産したのだが、債権者たちに資産隠しをしているのではないかと疑われ、付け回されていた。

村上伸吾は、かつて上野署の盗犯係の刑事だった。窃盗団一味と癒着していた上司を内部告発した。ところが、逆に犯罪の濡衣を着せられ、辞表を書くことを強要されてしまった。まだ二十九歳で、童顔だった。大学生に見られることもあるようだ。

六人のメンバーはそれぞれ個性が強いが、社長や室長の理念には賛同している。主任の力丸の命令や指示に不満を洩らす者はいない。いざというときは、メンバーは結束力を発揮する。誰もが頼りになる助っ人だった。

力丸はノックをしてから、室長室に入った。

海老沢は正面の執務机に向かって、何か書類に目を通していた。

大学教授風で、前髪だけが白い。一年数カ月前に妻は病気で亡くなっている。二人の娘と暮らしているが、どちらも独身だ。二十六歳の長女は保育士で、次女は翻訳プロダクションで働いている。

「香取には依然として連絡がつかないんですね？」

力丸は開口一番に訊いた。

「そうなんだ。そちらで話そうか」

「はい」

二人はコーヒーテーブルを挟んで向かい合った。布張りのソファだった。

「香取が最後にわたしに電話をかけてきたのは、きのうの午後六時十七分だった。恵比寿の『的場プロダクション』のオフィスにいるという話だったよ」

「その後、一切の連絡が絶えてしまったんですね。監督のオフィスで働いてるスタッフたちに何か心当たりは？」

「電話口に十二人のスタッフ全員に出てもらったんだが、揃って心当たりはないということだったな。的場監督はいつもと変わらない様子で香取と一緒に六時半ごろに事務所を出ていったらしいんだが、行き先は誰にも告げなかったそうなんだ」

「そうですか」

「的場監督は事務所に何時間もいることはなかったらしいし、ふだんから行き先をいちいち教えることもなかったというんだよ。一年前に製作と監督を務めた文芸大作の興行収入が悪くて、五億数千万円の負債を抱えてたんで、銀行やノンバンクの連中と顔を合わせたくなかったんだろう」

「多分、そうなんでしょうね。的場監督は大阪の極道に強迫されてる様子だったという話でしたが、相手のことはまったくわからないんですか？」

「そいつは、浪友会藤本組の準幹部の稲森卓、三十五歳だよ。藤本組直営の観葉植物リース会社の専務で、ミナミの縄張り内の飲食店にベンジャミンやゴムの木なんかの鉢を月極で貸してるんだ。しかし、収益はたいしたことないようだから、企業恐喝めいたことでシノいでるんだろうな」

「監督は奥さんと二人暮らしで、確か子供はいませんでしたよね？」

「そうなんだ。奥さんの的場瑠美は四十四歳だったかな。むろん、夫人にも電話で居所に見当はつかないかと訊いてみた。しかし、徒労だったよ」

「監督は、興行成績の悪かった文芸映画の製作費を闇金融から調達してたんですかね？」

「それはないだろう」

室長が言下に否定した。

「でしょうね。銀行やノンバンクの担当者が強引な取り立てをするとは思えないから、浪友会の稲森って極道が監督と香取を連れ去ったのかもしれないな。的場譲二は何か危(ヤバ)いことをやってたんじゃないんだろうか。でっかい借金を抱えてたんで」

「そのことなんだが、複数の情報屋から気になる話を聞いたんだ。的場監督が借金を返済するため、こっそりスナッフ・ムービーを撮(と)ったという噂があるらしいんだよ」

「スナッフ・ムービーというのは、実際に人を殺す場面を撮影した違法映画のことですよね」

「そう、殺人の実写だね。アメリカのマフィアたちはその種の生(なま)殺人映画を大量にDVD化して、ネットで売ってるそうだよ。女性をサディスティックにじわじわと嬲(なぶ)り殺しにする映像は大好評で、高値で売られてるらしいんだ」

「ロス市警の刑事が押収品の殺人ビデオをこっそりダビングして、ベトナム人マフィアに売った事件が昔あったな」

「その事件は九年前に起こったんだ。ベトナム人マフィアたちが買い取った殺人ビデオを大量に複製して、売りまくったんだよ。ブラジルやタイでは死体写真ばかりを載せた雑誌が数十万部も売れてるって話だから、スナッフ・ムービーを観(み)たがる奴は大勢いるんだろう」

「と思います」

「情報屋たちの話によると、的場監督はスナッフ・ムービーの秘密上映会を開いて、億単位の入場料を稼いだって噂が流れてるらしいんだ。真偽はわからないが、事実だとしたら、浪友会の稲森はスナッフ・ムービーのことを嗅ぎつけて、監督を強請ってたのかもしれないぞ。力丸、どう思う？」

「まったく考えられないことじゃなさそうだな。大阪府警に社長の後輩がいましたよね、準キャリの」

「ああ。その彼から、稲森に関する情報を引っ張ってみよう。きみは『的場プロ』と監督夫人から手がかりを探り出してくれないか。なんだか不吉な予感がするんだよ。力丸、急いでくれ。必要なことはメモってある」

「すぐに動きます」

力丸は差し出された紙切れを受け取ると、すっくと立ち上がった。

3

余白がない。

壁には映画ポスターがびっしりと貼られていた。いずれも、消息を絶った的場監督が手がけた作品の宣伝用ポスターだ。二十六、七枚はあった。

力丸は、出入口のそばにいる女性社員に声をかけた。『共進警備保障』の社員であることを告げ、専務の土居誠次との面会を求める。

『的場プロダクション』だ。オフィスは、ＪＲ恵比寿駅にほど近い雑居ビルの三階にあった。

三十歳前後の女性事務員に案内されて、奥の専務室に向かう。専務室といっても、個室ではなかった。事務フロアとパーティションで仕切られているきりだ。天井はない。

力丸は女性社員を犒って、専務室に入った。

十畳ほどの広さだった。机とコンパクトなソファセットが据えられている。土居専務が机から離れた。五十二、三歳だろうか。これといった特徴はなかった。

二人は名刺を交換し、それぞれソファに坐った。

「海老沢さんにも電話で申し上げましたが、的場の居所はまったく見当つかないんですよ。きのうの午後六時半ごろ、香取さんと一緒に出かけた後、まったく連絡が取れなくなってしまったんです。二人は、どこにいるんでしょうね。あちこちに電話をかけてみたんですが……」

土居が溜息をついた。

「的場監督が大阪の極道に何かで脅迫されてたことは、ご存じでしょ？」

「ええ。何かいちゃもんをつけられてたことは知っていました。しかし、どんなことで誰に脅されてたのかは知らなかったんですよ。的場は何も教えてくれなかったので」

「そうですか。こちらの調べで、監督を悩ませてる男はわかりました。浪友会藤本組の稲森卓って準幹部です。藤本組直営の観葉植物のリース会社を任されてるようです」

「仕事柄、ロケ先の顔役たちにはきちんと挨拶していますが、的場は暴力団関係者と個人的なつき合いはしてないはずです」

「稲森の名には聞き覚えがない？」

「ええ。的場は、その極道にどんな難癖をつけられたんでしょうかね」

「監督は大阪にはよく出かけられてました？」

力丸は矢継ぎ早に問いかけた。

「年に数度は出かけてましたね、ロケハンなんかで」

「そのとき、キタの高級クラブに飲みに行って、気に入ったホステスをお持ち帰りになったんじゃないのかな」

「その娘が稲森と繋がってたんじゃないかとおっしゃりたいんですね？」

「ええ、まあ」

「確かに的場は女性に手は早いほうです。しかし、やくざとつき合いのあるホステスを口説いたりしませんよ。若いころから女遊びをしてきてるんで、その種の危ない女には手を出さないと思います」

「そうかもしれないな。現在、監督が世話をしてる女性はいるんですか？」

「えーと、それは……」

土居が口ごもった。

「他言はしませんよ」

「ええ、そうしてくださいね。的場は五年前から、脇役女優だった重松絵里奈と愛人関係にあります。絵里奈は的場作品の多くに出演していますが、舞台出身なんで、演技がちょっとオーバーなんですよ。それでも的場は彼女を手放したくなかったようで、自分の彼女にしたわけです」

「彼女のお住まいは？」

「世田谷区奥沢二丁目三十×番地です。戸建ての借家に住んでいます。絵里奈は三十二歳なんですが、少し若く見えるだろうな」

「監督は愛人とうまくいってたんですか？」

「揉めてるようではなかったと思います。的場がほかの女を摘み喰いするたびにお灸をすえられてるみたいでしたけどね」

「そうですか。一年ほど前に公開になった文芸大作は苦戦したとか？」

「ええ、惨敗でした。わたしは製作も手がけるのは危険だと的場に何度も忠告したんですが、どうしてもヒモ付きでない代表作を撮りたいんだと譲ろうとしなかったんですよ。その結果、約五億三千万円の負債を背負い込むことになってしまいました」

「映画は蓋を開けてみないとわからないんだろうな」

「ええ、その通りですね。大々的に宣伝を打っても、必ずしも高い興行収入を得られるとは限りません。逆に低予算映画が大受けしたケースもあります。実際、水ものなんですよ。しかし、前作はいかにも地味でした。あんなに娯楽色を排したら、受けません」

「そういうもんですか」

「的場は三十一歳のときに初監督作品を発表したんですが、一貫して娯楽に徹したハイテンポな映画を撮ってきたんです。しかし、ただの娯楽映画の監督で終わりたくないという気持ちがあって、前作のような格調の高い映画を撮ってしまったんだと思います」

「そうなんですか」

「黒澤や小津は無理でも、少しは玄人筋に高く評価される作品を製作・監督したかったんでしょう。しかし、それがまずかったんですよ。的場は大衆向けの映画が真骨頂だったわけだし、それなりの才能にも恵まれていました。次回作は、これまでの路線でいきますよ」

「映画の製作費は銀行、ノンバンク、シネマ・ファンドから借り受けただけで、いわゆる街金の世話にはならなかったんでしょう？」

　力丸は確かめた。

「ええ」

「返済はだいぶ滞らせてたんですか？」

「は、はい。利払いがやっとで、元本分の返済はどこにも待ってもらってるんです」

「大変だな。実は、妙な噂が海老沢室長の耳に入ったらしいんですよ」

「どんな噂なんです？」

「借金の返済に困った監督がスナッフ・ムービーを撮って、秘密上映会を開いてるようだと……」

「それは悪質なデマでしょう。的場は前回の文芸大作では赤字を出してしまいましたが、売れっ子監督なんです。現に方々から、オファーが入ってる。五億三千万ぐらいの負債は、どうってことありませんよ」

「そうでしょうが、利払いしかできない状態では監督も焦るでしょ？」

「のんびりと構えてはいられませんが、殺人の実写映画なんか撮ったりしたら、一巻の終わりです。築き上げた名声をいっぺんに失って、映画業界から閉め出されてしまいます。自分で自分の首を絞めるようなことは絶対にしませんよっ」

　土居が不快感を露にした。

「常識的には、その通りでしょうね。しかし、人間は追いつめられると、冷静な判断ができなくなります。現に〝貧すれば、鈍する〟という諺もありますでしょ？」

「的場はそんな愚か者ではありません。そうか、わかったぞ」

「何がです？」

「日本には映画だけで喰える監督は、わずか十人そこそこしかいません。仕事に恵まれない同業者が的場をやっかんで、そんな根も葉もないデマを流してるんでしょう。ええ、そうにちがいありません。そいつの品性を疑うな」

「ただの中傷なんでしょうか」

「あなた、的場が噂通りにスナッフ・ムービーを撮ったと思ってるみたいだなっ」

「そうは疑いたくありませんが、大阪の極道が的場監督の弱みを握ってるようだから、全面的に否定することもできない気がするんですよ」

「的場は大阪に行ったとき、浪友会が仕切ってる違法カジノで負けが込んだのかもしれません。そのときの借金をまだ払い終わってないんでしょう。で、稲森とかいう極道にしつこく返済を迫られてたんじゃないのかな。それで、そいつに香取さんと一緒に的場は軟禁状態にされてるんでしょう」

土居が言った。

「そうだとしたら、あなたに有り金を持ってきてくれないかと監督から連絡があると思うんですよ。あるいは、瑠美夫人に電話をしてるかもしれませんね。監督の奥さんから、そういう話は？」

「いいえ、聞いていません。そのうち、的場から連絡が入るんじゃないのかな。ここか、自宅にね」

「そうでしょうか」

「とにかく、的場がこっそりスナッフ・ムービーを撮ってたなんて噂は中傷ですよ」

「そうだといいですね。お邪魔しました」

力丸は立ち上がって、専務室を出た。『的場プロダクション』を後（あと）にして、近くの立体有料駐車場に向かう。

いくらも歩かないうちに、雨宮真衣から電話がかかってきた。

「勝又の仲間を少し前に赤坂署員に引き渡しました」

「露木亜弥は、そいつに襲われたんだな？」

「ええ、東洋テレビの地下駐車場でね。勝又の仲間の三角肇（みすみはじめ）という三十二歳の男が大型カッターナイフで露木さんに斬りつけたんですけど、わたしが取り押さえて一一〇番通報したんですよ」

「顧客は無傷だったんだな？」

力丸は早口で問いかけた。

「ええ」

「それはよかった」

「三角は露木さんの顔を傷つけたかっただけのようで、殺す気はなかったみたいなんです。所轄の人間に何度もそう供述してたそうです。それから、ほかに露木さんを狙ってる奴はいないとも繰り返してました」

「そうか。それなら、雨宮はお役御免になりそうだな。そうなったら、会社に戻ってくれ」

「わかりました。香取さんと的場監督の消息はわかったんですか？」

「いや、まだだ」

「わたし、何かお手伝いしますよ」

「とりあえず、待機しててくれないか」

「はい。主任は悪い男ですね」

「なんだよ、いきなり」

「昨夜、依頼人を口説いたでしょ？　女たらしなんだから！」

「何を言い出すんだ？」

「ごまかそうとしても駄目ですよ。露木亜弥さんは主任を好きになってしまったのに、そちらはただの遊びだったんですね。罪深いことをしたものだわ。女性をその気にさせといて、弄んで終わりですか。残酷なことをしますね。主任は悪人ですよ」

「雨宮、早とちりだって。おれと彼女の間には昨夜、何もなかったんだ」

「嘘つき！　女の直感を軽く見てると、いつか痛い思いをしますよ。主任も三十七になったんだから、そろそろ年貢の納め時なんじゃありませんか。この際、人気ニュースキャスターと結婚しちゃえば？」

「余計なお世話だ」

「主任の女好きは病気みたいですね。わたし、いろいろ噂を聞いてますよ」

「気になるか？」

「イケメンぶるんじゃねえよ」

真衣が男言葉で毒づいて、荒っぽく電話を切った。声には笑いが含まれていた。

力丸は真衣の勘の鋭さに舌を巻きつつ、スマートフォンを懐に突っ込んだ。立体有料駐車場に急ぎ、エルグランドに乗り込む。力丸は料金を払って、的場監督の自宅をめざした。目的地は目黒区平町だった。

二十分そこそこで、的場宅を探し当てた。

閑静な邸宅街の一角に建つ監督の自宅は、ひと際目立つ豪邸だった。敷地は百四、五十坪ありそうだ。庭木が多い。奥まった場所に斬新なデザインの二階家が建っている。

力丸は車を的場宅の石塀(いしべい)の横に駐め、門の前に立った。

インターフォンを鳴らす。ややあって、監督夫人の声で応答があった。力丸は身分を明かし、来意も告げた。

待つほどもなくポーチに的場瑠美が現われた。派手な顔立ちで、若々しい。とても四十四歳には見えなかった。

力丸は、玄関ホール脇の応接間に通された。名刺を監督の妻に渡す。

瑠美は力丸をソファに坐らせると、応接間から消えた。数分後、監督夫人が戻ってきた。洋盆(トレイ)の上には、二人分のグレープジュースが載(の)っていた。

「どうかお構いなく」

力丸は恐縮してみせたが、清涼飲料水を供されるのはありがたかった。喉が渇(かわ)いていた。

瑠美が二つのゴブレットを大理石のテーブルに置き、力丸の正面に坐る。

「夫は何か事件に巻き込まれたのでしょうか？」

「そうなのかもしれません。奥さんは、監督が大阪の極道に何かで脅迫されてたとは感じてらっしゃいました？」

「ええ、気配でそれは感じ取っていました。的場はわたしには何も申しませんでしたけどね。多分、やくざ者の情婦(おんな)にでも手を出したんでしょう。以前、大物総会屋の愛人と温泉に出かけて、数百万円の詫び料を払ったことがあったんです」

「しかし、女絡みのトラブルを起こしたんだとしたら、ご主人だけを拉致すると思うんですよ。うちの会社の香取とも連絡がとれなくなってるわけですから、二人は一緒に何者かに連れ去られたと考えるべきでしょう」

「ええ、そうなのかもしれませんね」

「何か思い当たりませんか？」

「室長の海老沢さんにも申し上げたんですけど、わたし、本当に何も思い当たらないんですよ」

「そうですか。前の映画の不振で、的場監督はおよそ五億三千万円の負債を抱えてますよね？」

「ええ」

「『的場プロ』の土居専務の話では、利払いをしてるだけで、元本の返済はできない状態なんだと……」

「恥ずかしい話ですけど、そうなんですよ。でも、債権者に返済をきつく迫られてはいなかったようですから、借金絡みのトラブルはなかったはずです」

「そうなんですかね」

力丸はグレープジュースで喉を潤した。生き返ったような心地だった。

「夫は早く借金を返したくて、何か非合法な商売をしたのでしょうか？」

「これは根拠のある話ではないんですが、海老沢室長が妙な噂を小耳に挟んだようなんです」

「妙な噂って？」

瑠美が身を乗り出した。力丸は、スナッフ・ムービーのことを喋った。

「夫がそんな違法な危ない映画を撮ったなんて信じられません。でも……」

「でも、なんです？」

「次の映画が大当たりしても、何億もの監督料をいただけるわけじゃありません。せいぜい一億数千万円でしょう。となると、現在の借金を返せるのは五年先、いいえ、下手したら、十年も先になってしまうでしょうね」

「で、監督は不本意ながらも借金返済のため、スナッフ・ムービーを撮影した可能性もあるかもしれないと思われた？」

「ええ、まあ。あっ、待って。高い入場料を取って、殺人の実写映画の秘密上映会を開いても、そんなには儲からないわね」

「海老沢室長が聞いた噂だと、監督は億単位の金を稼いだというんですよ」

「そうなの。だけど、捕まったりしたら、夫は築き上げたものをすべて失っちゃうわけよね。それどころか、犯罪者になるわ」

「そうですが、切羽詰まってたら、背に腹は替えられないって気持ちになるんじゃないのかな」

「そうだったのかしら？　的場がそんな危ないことをするとは思えないけど、『的場プロ』の社員たちの給料を遅らせるわけにはいかないから、追いつめられた気持ちになって……」

「やむなくスナッフ・ムービーを製作したとも考えられます。そうだったとしたら、秘密上映会はどこでやってたんでしょう」

「単館系の映画館を借り切って、上映してたのかな？」

「それは何かと危険だと思います。おそらく、もっと狭い貸ホールかどこかでスナッフ・ムービーの秘密上映会を催してたんでしょう」

「そうなのかもしれないわね。十万ぐらいの入場料を取ってたんでしょうか？」

「そんなには安くはないでしょう。噂通りに的場監督が億単位の金を稼いでたとしたら、入場料は五、六十万、いや、百万円ぐらい取ってたんじゃないだろうか」

「そんなに高く⁉」

「生の殺人映像なんです。死体や殺人シーンはインターネットの裏サイトで観ることができますが、著名な監督が撮った殺人実写ですからね。富裕層にとって百万なんて金はたいした額じゃないでしょう。ありきたりの刺激に飽きてしまったリッチマンなら、五百万出しても、人間が実際に惨殺される映像を観たがると思いますよ」

「異常者だわ、そういう人たちは」

「ええ、そうですね。しかし、世の中そのものがクレージーなんですから、おかしな奴はいると思いますよ。数こそ少ないでしょうが、現に死姦をする男もいるし、病的なサディストもこの世にはいます」

「どんな人間にもタブーに挑みたいという潜在意識はあると高名な心理学者が言い切っていますから、異常なことに強い関心を持つ者はいるんでしょう。でも、夫がスナッフ・ムービーで汚いお金を儲けてたんなら、なんか情けないし、哀しいわ」

「監督は自分の寝室や書斎には、奥さんも絶対に立ち入らせなかったんですか？」

「ううん、そんなことはなかったわ。机の引き出しやロッカーにも鍵を掛けたことはないわね」

「そうなら、スナッフ・ムービーを自宅に保管してあるとは考えにくいな。それから、恵比寿のオフィスにも置いてないでしょう」

「違法映画の原盤フィルムを夫が隠し持ってるとしたら、わたしや会社の者の目には触れない所に保管してるんじゃないのかしら」

「どこか思い当たります？」

「考えられるのは愛人宅ね。的場が重松絵里奈を囲ってることは、もうご存じなんでしょ？」

「ええ、まあ」

「絵里奈とは最近、どうもうまくいってないようだから、彼女の所に原盤は預けてないかもしれないな」

「監督と重松さんの仲がしっくりいってないことを奥さんは、どうしてご存じなんです？」

力丸は訊いた。

「絵里奈はシャネルの香水を愛用してるの。だけど、最近は的場、別の香水の残り香をくっつけて帰宅することが多くなったのよ」

「新しい彼女ができたってことですかね？」

「断定はできないけど、そうなんじゃないかな。女はね、好みの香水をめったに変えないんですよ。絵里奈は的場の女癖の悪さに呆（あき）れて、愛想を尽かしちゃったんじゃない？」

「そうなんでしょうか」

「多分、そうなんだと思うわ。的場は相手にのめり込んでるときは何かと尽くすけど、飽きると、とたんに冷たくなるの。絵里奈は未練を断ち切って、さっさと的場と別れちゃえばいいんだわ」

「そうすれば、奥さんは監督とやり直せる？」

「それは、もう無理でしょうね。わたしたちは十年近く前から仮面夫婦だから、絆は切れたままなのよ」

瑠美が自嘲的に言って、ゴブレットを掴み上げた。

これ以上粘っても、収穫は得られそうもない。力丸は的場宅を辞去し、エルグランドを監督の愛人宅に向けた。

4

目の前で信号が赤に変わった。

力丸はブレーキペダルを踏んだ。

奥沢一丁目の外れだった。的場宅を辞したのは十七、八分前だ。

監督の妻は夫の行方が不明でも、少しもうろたえていなかった。地元署に的場の捜索願を出すべきかとも口にしなかった。だいぶ前から夫婦仲が悪かったとはいえ、あまりにも薄情ではないか。

瑠美は、夫が犯罪に巻き込まれたことを喜んでいるのか。そんな印象さえ受けた。彼女が的場の失踪に関わっている疑いはないのだろうか。力丸は一瞬、そう思った。

しかし、夫人と大阪の極道とは接点がなさそうだ。

信号が青になった。

力丸は、ふたたびエルグランドを走らせはじめた。二つ目の交差点の先が奥沢二丁目だ。落ち着いたたたずまいの住宅街だった。

三百メートルほど進み、左に折れる。監督の愛人宅は四、五軒先にあった。左側だ。古い平屋だが、趣(おもむき)がある。

力丸は車を路上に駐(と)め、格子門に歩み寄った。旧式のブザーを鳴らすと、玄関戸が開けられた。

現われたのは三十歳前後の女性だった。美人だが、どことなく寂しげだ。白い肩を剝(む)き出しにした涼しげなホームドレスを着ている。

「『共進警備保障』の者ですが、重松絵里奈さんですね?」

力丸は自己紹介して、まず確かめた。

「はい、そうです。先生が、いいえ、的場監督がお世話になっています。きのうの夕方から彼に連絡がとれないので、わたし、ずっと心配してたんです」

「その件で少し話をうかがいたいんですが、よろしいですか?」

「はい、構いません」

絵里奈が踏み石をたどって、格子戸に歩み寄ってきた。力丸は一礼し、格子戸を横に払った。

「どうぞこちらに」

絵里奈が案内に立った。力丸は導かれ、玄関ホールに接した洋室に入った。応接間らしい。十畳ほどの広さだった。

「お茶よりも何か冷たい飲み物のほうがよろしいでしょ？」

「お気遣いなく。坐らせてもらいます」

力丸は名刺を差し出してから、アンティーク調の応接ソファに腰かけた。絵里奈が向かい合う位置に坐った。

「まだ断言はできませんが、的場監督は昨夕から深夜の間に何者かに拉致されたんだと思います。ガードに当たっていた香取と一緒にね」

「そうなんでしょうか」

「監督は大阪の稲森卓という極道に何かで脅迫されてたと思われるんですが、そのことで何かご存じでしたら、教えてほしいんですよ」

「海老沢という室長さんには言いそびれてしまったのですが、実は半月ほど前から稲森とかいう男に知り合いの元ＡＶ女優の居所を知ってるはずだと言われてたんです」

「元ＡＶ女優ですか？」

力丸は問い返した。

「ええ、そうです。白鳥玲華という芸名で、関西で制作されたアダルトＤＶＤに三十数本、出演してるんだそうです。二十六歳だという話でしたね。その彼女は的場監督の次回作のオーディションを受けるとか言って、一カ月半ぐらい前に上京したらしいの。その後、オーディションに通って殺される情婦の役を貰えたと電話を一度してきたきり、音信が途絶えてしまったというんですよ」

「その元ＡＶ女優は、稲森の愛人だったんでしょうか？」

「多分、そうなんだと思います。でも、先生は白鳥玲華なんて女性には会ったこともないと言っていました。その彼女は何か理由があって、そんな嘘をついたんでしょうね」

「そんな作り話をして、何かメリットがあるんだろうか」

「わたしの想像なんですが、白鳥玲華さんは一般映画に出演するチャンスを摑んだんだから、もう自分にまつわりつかないでと極道の彼氏に言いたかったんではありませんかね」

「つまり、稲森とは縁を切りたかった？」

「ええ、そうだったんでしょう」

「元ＡＶ女優がそんなことを考えるとは思えないがな」

「どうしてでしょう？」

「白鳥玲華が本気で稲森との腐れ縁を断ち切りたいんだったら、こっそり上京して、そのまま彼氏には一切連絡しなくなるはずです」

「言われてみれば、そうね」

「元AV女優が稲森に言ったことは事実なんじゃないのかな」

「でも、彼、監督は白鳥玲華さんとは一面識もないし、次回作のオーディションはしていないと言ってたんですよ」

「公開オーディションではなく、的場監督がホテルの一室かどこかで個人的なオーディションを行なったとは考えられませんか」

「彼が元AV女優を自分の作品に出演させるなんて……」

「考えられない？」

「ええ、そうですね」

「監督は白鳥玲華をプライベートフィルムに出演させる気でいたのかもしれませんよ」

「わたし、次回作の犯罪サスペンスの構想は聞かされてましたけど、プライベートフィルムを撮るなんて話はまったく知りませんでした」

「そうですか」

「彼はベテランの映画監督なんですよ。巨匠と呼ぶ方もいます。アマチュアの学生監督ではないんですから、いまさらプライベートフィルムのメガホンなんか執るはずありませんよ」

絵里奈が憮然（ぶぜん）とした表情で言った。

「ええ、普通ならばね。しかし、まとまった金が欲しくて、特殊な映画を撮った可能性はありそうだな。監督は前作の不振で、およそ五億三千万円の借金を抱え込んでたわけですからね」

「そうですけど……」

「重松さんには黙ってようと思ってたんだが、こんな噂があるんですよ」

力丸は前置きして、スナッフ・ムービーのことを話した。

「先生が殺人の実写映画を撮ってたなんて、わたしはあり得ないと思います。いくら大きな借金があるとしても、そこまで堕落（だらく）してはないはずです。ええ、そうよ」

「しかし、『的場プロ』の維持費もかかるだろうし、失礼ながら、あなたのお手当も払わなければならなかったわけでしょ？」

「わたし、前回の文芸大作の興行成績がよくなかったと聞いてから、ずっと彼には金銭的な負担はかけてませんでした。お手当は返上してたんですよ。少しばかり貯（たくわ）えがありましたし、ネット占いで月に二十万円前後は稼いでるんです」

「どんな占いをされてるんです？」

「ベースは西洋占術なんですけど、姓名判断なんかも加味した新しい占いなの。人生相談にも親身に答えてますので、割に好評なんですよ。占いのアルバイトで家賃を払って、生活費は貯金を取り崩してるんです」

「そうでしたか。しかし、的場監督は事務所のスタッフを十数人も抱えてるわけですから、何かと物要りでしょ？」

「ええ、それはね」

「監督がスナッフ・ムービーの秘密上映会でがっぽり儲けたという噂は、ただのデマや中傷じゃない気もするな」

「わたしは先生を信じています」

「しつこいようですが、監督からフィルムを預かったことは？」

「ありません」

「的場監督は、この家の合鍵を持ってるんでしょ？」

「ええ」

「それなら、あなたが外出中に監督がこの家に勝手に入って、スナッフ・ムービーの原盤をどこかに隠すこともできなくはないわけだ」

「やめてください」

「不愉快かもしれないが、もう少し喋らせてもらいます。白鳥玲華は、稲森にオーディションに合格して、殺される情婦の役を貰えたと言ったんでしたよね？」

「そうですけど、その話は嘘かもしれないんですよ。鵜呑みにすべきではないと思います」

「ええ、それはね。しかし、引っかかる話です。スナッフ・ムービーの中で、元AV女優が実際に殺害されたと推測すれば、浪友会の稲森が的場監督を強請ってたというふうに筋が読めます」

「筋が読める？」

「わたし、三年前まで刑事だったんですよ。つい警察用語を使ってしまいました。要するに、事件の流れのことです」

「そういう意味だったのね」

絵里奈が納得した。

「推測のつづきですが、稲森は元AV女優がスナッフ・ムービーの犠牲者になったと直感して、監督に詫び料を要求したんではないだろうか。白鳥玲華の遺族にそれ相当の〝香典〟を払ってやれと脅したのかもしれません。どちらにしても、的場監督は極道の要求を突っ撥ねたんでしょう。裏社会の人間に一度でも弱みを見せたら、骨までしゃぶられることになりますからね」

「………」

「稲森は金を吐き出そうとしない監督に腹を立て、何度か脅迫をしたんではないだろうか。それでも、的場さんは屈しなかった。だから、稲森は監督を拉致する気になったんでしょう。おそらく大阪の極道は拳銃を持ってたんだろうな。それだから、担当ガードマンの香取も稲森を取り押さえることができなかった」

「それと関連があるのかどうかはわかりませんけど、先生のブログの掲示板に脅迫めいた書き込みが何度かあったようです。それで、彼は自分のブログを閉じてしまったんですよ」

「その書き込みをしたのは稲森臭いな」

「そうなら、先生、いいえ、監督は単に言いがかりをつけられたんだと思います。やっぱり、彼がお金欲しさにスナッフ・ムービーを撮ったなんて考えられませんので。恵比寿の事務所や先生の自宅にも行かれたんでしょ？」

「ええ。『的場プロ』の土居専務も監督夫人も、スナッフ・ムービーは中傷の類だろうと言ってました。ただ、奥さんのほうは強く噂を否定した感じではありませんでしたが」

「瑠美さんは、先生の背信を死ぬまで赦す気はないんでしょう。憎しみがあるから、彼をとことん庇う気にはなれないんじゃないかしら？」

「奥さんは、監督に新しい彼女ができたんじゃないかと言ってました」

「なぜ、瑠美さんはそう思ったのかしら？」

「あなたはシャネルの香水を愛用してるんでしょ？」

「ええ、以前はね。でも、半年以上も前から別の香水を使ってるんですよ。同じ移り香をまとって先生が自宅に戻られたら、わたしの家から戻ったことがすぐにバレちゃうでしょ？」

「そういうことだったのか。女性は怖いな」

　力丸は苦く笑った。

「女の浅知恵ですよ。でも、香水が違ってたら、奥さんは夫がわたしとは切れたと思うでしょ？　彼に新しい彼女なんかいません。昔は浮気癖がありましたけど、いまは……」

「彼女は、あなただけだった？」

「そう信じています。先生とわたしは、運命の糸で結ばれてるんですよ」

「そうなんですか」

「切っても切れない縁（えにし）で結びついてるの」

　絵里奈が余裕たっぷりに言った。

「あなたの占いだと、監督は長寿なのかな？」

「ええ、永生きしますね」

「それなら、どこかに監禁されてるだけで、まだ殺されてはいないんだろう」

「縁起が悪いことを言わないで。先生は、ちゃんと生きてますよ。でも、何か事情があって、しばらく誰にも連絡をとれなくなったんでしょう」

「どんな事情があると思います？」

「具体的なことはわかりませんけど、きっと彼は無事です。ガードマンの方も生きてるでしょう」

「占いをやってる方がそういうんだから、安心してもいいんだろうが、こっちはなんか禍々しい予感が消えないんだ。元刑事の勘なんですがね」

「不吉なことをおっしゃらないでください」

「無神経でした。つい余計なことを言ってしまったな。勘弁してください」

力丸は謝罪した。

「彼はスナッフ・ムービーなんか撮ってないはずですけど、事務所の人たちや奥さんには内緒で誰かからお金を借りようと考えてたのかもしれません」

「どういうことなんです？」

「先月の中旬、彼はわたしの銀行口座を借りるかもしれないと言ってたんですよ。その後、話は立ち消えになってしまいましたけどね」

「その気になれば、闇で他人名義の銀行口座は買える。まさか監督は振り込め詐欺をやる気だったんじゃないだろうな」

「そんなことする男性じゃありません」

「冗談ですよ」

力丸は言って、思考を巡らせはじめた。

的場監督は他人の銀行口座にスナッフ・ムービーを観た客たちに〝追加料金〟を振り込ませる気でいたのではないか。社会的地位の高い観客たちが違法映画を鑑賞しただけで、充分に〝弱み〟になる。そのことを公にすると脅しをかければ、何人かは口止め料のつもりで〝追加料金〟を払うのではないか。

あるいは、的場は弱みのある秘密上映会の客から金を借り、銀行やノンバンクの元本を少しでも減らしたいと考えていたのだろうか。どちらかだとしても、捨て身の行動だ。観客のひとりが開き直って、スナッフ・ムービーのことを警察に告げ口したら、的場監督は殺人教唆の容疑で逮捕されることになる。

借金返済を債権者たちに強く迫られていたわけではなさそうだ。的場がそこまでリスキーなことをやるとは思えない。稲森の脅迫に耐えられなくなって、元AV女優の〝香典〟を都合つけなければならなくなったのか。そう考えたほうが自然だろう。

「わたしの口座を借りるかもしれないと言ってたけど、多分、その必要がなくなったんでしょう」

「そうなんだろうか。ガードマンを雇うことについて、監督はどう言ってました？」

「勘違いで殺されたりしたら、死に損になるからと……」

「そうですか」

「明日か明後日には、彼から何か連絡があるんじゃないかしら？　それでも音沙汰がなかったら、わたし、『的場プロ』の土居専務や奥さんがなんと言おうと、警察に捜索願を出します。彼は、親兄弟よりも大切な男性だから」

絵里奈が口を閉じた。それを汐に力丸は暇を告げた。

エルグランドの運転席に入ったとき、海老沢室長から電話があった。

「浪友会の稲森はきのうの午前中に大阪を発って、東京に来てるね。先月の末から、たびたび上京してるようだ。稲森は愛人の元AV女優が的場の次回作に出演が決まったという連絡を受けてから行方がわからなくなったんで、東京中を捜し歩いてたらしい」

「その元AV女優の芸名は、白鳥玲華ですね？」

「そうだ。本名は中林さとみ、二十六歳だよ。力丸がどうして元AV女優のことを知ってるんだ？」

「的場の愛人の重松絵里奈に教えてもらったんです。いま、彼女の自宅前にいるんですよ」

力丸は経過をつぶさに話した。

「そういうことなら、白鳥玲華はスナッフ・ムービーの撮影中に殺害されたんだろう。稲森は何らかの方法で、そのことを知った。それで、的場監督から口止め料を脅し取ろうとしたんじゃないのか」

「わたしも、そう筋を読みました。的場は稲森の要求に応じなかった。だから、稲森に拉致されたんでしょう。当然、香取は反撃を試みたはずです。しかし、ピストルを取り出されたんで、それ以上は抵抗できなかったんじゃないのかな」

「ああ、おそらくね。残念ながら、稲森の投宿先はわからなかったんだ」

「そうですか。香取の奥さんが心配だな。大丈夫なんだろうか」

「朝から社長秘書の砂岡史子が香取の自宅マンションに出向いて、ずっと奥さんの千帆さんのそばにいるはずだ。胆っ玉母さんがいれば、心強いだろう」

「ええ、そうですね。砂岡さんは若い社員たちに母親みたいに慕われてるからな。社長の従妹だけあって、社員の家族まで世話を焼いてくれてる。もう六十一なのに、パワーもあります」

「わたしにとっても、砂岡さんは頼りになる姐御だよ。力丸、一度、会社に戻ってきてくれ。どうせ稲森は偽名で都内のホテルに泊まってるんだろうから、電話をかけまくっても投宿先はわからないと思うよ。別の方法で稲森の居所を突きとめる作戦を練ろう」

海老沢が電話を切った。

力丸は車を発進させた。午後四時数分前だった。

渋谷区内に入ったとき、またもや室長から電話がかかってきた。スマートフォンはハンズフリー装置にセット済みだった。

「恐れていたことが現実になった。少し前に麻布署管内の解体直前の古い雑居ビルの中で、的場監督と香取の射殺体が発見されたらしい」

「なんてことだ」

力丸はエルグランドを路肩(ろかた)に寄せた。

「二人とも、至近距離から頭部を撃ち抜かれてたそうだ。本庁機動捜査隊初動班と麻布署の刑事が臨場してるが、まだ検視官は到着してないらしい。事件通報者は二人の遺体は硬直してたと証言してるから、おそらく前夜に射殺されたんだろう」

「くそっ」

「稲森の犯行(ヤマ)かもしれないな。できるだけ初動捜査情報を多く集めるつもりだが、あまり期待しないでくれ。本庁と警察庁(サッチョウ)にいるシンパも最近は及び腰になってるから、以前ほど協力的じゃないんだ」

「室長、警察官僚(キャリア)の誰かがわれわれの裏仕事に気づいたんですかね？」

「そこまで覚(さと)られてはいないだろうが、要人(VIP)護衛室には問題児ばかり集まってるからな。何か反社会的なことをやってるかもしれないと疑いはじめた者がいる可能性はあるだろう」

「捜査当局に睨まれても、この事件はわたしが片をつけます。顧客の的場監督をみすみす死なせてしまったことも面目ないし、香取には借りがあるんですよ」

「借りがあるって？」

「ええ、そうです。去年の秋、わたしと香取がコンビを組んで、八十歳近い興行師のガードを受け持ったことがありましたでしょ？」

「あったね。そのとき、力丸は依頼人に差し向けられた刺客に仕込み杖で斬られそうになったんだろう？」

「そうなんです。そのとき、香取が相手に体当たりしてくれたんで、こっちは難を逃れることができたんですよ」

「そうだったね」

「香取の捨て身の反撃があったから、わたしは命拾いできたんです。たとえ身に危険が迫っても、香取の恨みは晴らしてやります。あいつは、もうじき産まれる自分の子供の顔を見ることなく……」

「力丸の気持ちはわかるが、センチメンタリズムには流されるなよ。感傷に囚われたら、冷徹な判断ができなくなるからな」

「わかってます」

力丸は通話を切り上げ、拳で(こぶし)ステアリングを打ち据(す)えた。

第二章　駆ける覆面猟犬

1

二つの亡骸は横に並べられていた。

麻布署の死体安置所だ。署舎とは別棟だった。

手前のストレッチャーの上には、変わり果てた香取が横たわっていた。その向こう側に的場監督の遺体が置かれている。

午後六時過ぎだった。二つの死体は四十分ほど前に事件現場から、ここに運ばれてきたらしい。

力丸は、麻布署の若い刑事に目配せした。石戸という苗字で、二十七、八歳だった。

石戸刑事が被害者たちの顔を覆った白布を取り除いた。

穂積社長が奥のストレッチャーのかたわらに立ち、深々と一礼した。

「的場さん、申し訳ありませんでした。あなたを護り抜けなかったのは、わたしの判断ミスでした。ガード要員を二人にしなかったことを後悔しています。どうかご容赦ください」

「社長に非はありませんよ。もちろん、香取のミスでもなかったんでしょう。運が悪かったんですよ」

　海老沢室長が口を開いた。

「いや、わたしの判断ミスだ。二人を死なせてしまったのは社長のわたしだよ。きみに責任はない」

「いいえ、責任はわたしにあります。社長がおっしゃったように、的場監督を二人で護衛させるべきでした」

「社長も室長も自分を責めるのはやめてください。いまは、故人たちの冥福を祈りましょうよ」

　力丸は穂積と海老沢に言って、両手を合わせた。社長と室長が倣う。

　麻布署の署長は、かつて穂積の部下だった。その誼みで、力丸たち三人を特別に死体安置所に入れてくれたのである。

　三人とも警察ＯＢだが、いまは民間人だ。前例のないことだった。当然、規律違反である。

　力丸は故人たちの銃創を目で確かめた。

額の射入孔は小さい。二人とも至近距離から頭部を撃ち抜かれたことは明らかだ。後頭部の射出孔は大きく、頭蓋骨は砕けているにちがいない。

　香取の死に顔に苦悶の色はうかがえない。即死だったのだろう。それが唯一の慰めだった。

「検視官は、どう言ったのかな。二人は、昨夜のうちに射殺されたと見立てたんだろう？」

　力丸は石戸刑事に顔を向けた。

「死後硬直の具合から逆算すると、被害者たちは前夜の十時から十二時の間に取り壊しの決まってる古い雑居ビルの二階と三階の間の踊り場に連れ込まれて、すぐ撃ち殺されたんではないかということでした」

「初動捜査によると、銃声を聞いた者はひとりもいなかったそうじゃないか」

「はい。まだ正式な鑑定結果は出てないんですが、遺留品の薬莢と弾頭から凶器は消音器が一体化されてるロシア製のサイレンサー・ピストルのようです」

「マカロフＰｂだな。かつてロシア軍の将校やスペッツナズ隊員に使われてた消音型拳銃なんだが、いまや余った分が世界各国の闇社会に出回ってるんだ」

「お精しいんですね」

「所轄署の暴力犯係や保安係をやってたんでな。凶器がマカロフＰｂだとしたら、ヤー公の仕業だろう。いまやサラリーマンもネットで銃器をこっそりと買ってる時代だが、さすがにサイレンサー・ピストルは容易には手に入らない。入手できるのは裏社会にいる奴らだけだろう」

「そうでしょうね」

「で、不審者の目撃情報は？」

「昨夜十時過ぎに事件現場の近くに黒のワンボックスカーが停まってたらしいんですが、ナンバープレートは外されてたというんですよ」

「車内には、どんな奴が乗ってたのかな？」

「三十代半ばの組員風の男がワンボックスカーから出てきて、しきりに往来を眺めてたらしいんですよ。人通りが絶えたら、被害者の二人を解体直前のビルに連れ込む気でいたんではありませんか」

石戸が呟いた。

「おそらく、そうだったんだろうな。司法解剖は明日の午前中に行われるんだろう？」

「はい、そうです。映画監督と香取さんは大塚の東京都監察医務院に搬送されることになっています」

「そう」

力丸は短く応じた。

都内で殺人事件が発生すると、二十三区内の場合は東京都監察医務院で司法解剖される。三多摩が事件現場のときは、慈恵会医大か杏林大学で被害者の体にメスが入れられることになっていた。

警視庁機動捜査隊と所轄署の捜査員は協力し合って、一両日、初動捜査に当たる。数日で殺人犯を割り出せることは稀だ。所轄署は本庁捜査一課に捜査協力を要請する。

警視庁は所轄署に捜査本部を設け、殺人捜査係の刑事を出張らせる。

事件の規模によって、十数人から数十人が送り込まれる。本庁と所轄署の捜査員たちが力を合わせ、犯人を逮捕しているわけだ。本庁の刑事部長が捜査本部長、所轄署の署長が捜査副本部長の任に就くことが多いが、それは名目だけだ。

実際は本庁の理事官か、管理官が捜査の指揮を執っている。捜査費用は、各所轄署が負担する。警視庁の刑事たちは、いわば客分である。

一カ月が経っても事件が落着しない場合は、所轄署の捜査員はおのおの持ち場に戻る。後は原則として、本庁の刑事だけで捜査を続行するわけだ。

難事件になると、投入される捜査員数は延べ数百人、数千人に及ぶ。署員数が二百名にも満たない所轄署に三回も捜査本部が設置されると、年間予算は確実に吹っ飛んでしまう。

そんなことで、所轄署刑事はあまり捜査費を遣えない。力丸も刑事時代は、よく自腹を切ったものだ。いまは経費を自由に遣うことができる。ありがたい話だ。

「あのう、もうよろしいでしょうか。みなさんは警察ＯＢですが、現在は民間人でいらっしゃるわけですので、本来なら、死体安置所にご案内できません」

「わかってるよ。しかし、ここの署長はうちの穂積社長の部下だったわけだから、そう堅いことを言うなって。な、石戸巡査！」

「一応、巡査長になったのですが……」

「それは失敬！　巡査長殿、もう少し地取りの結果を詳しく教えてくれないか。ワンボックスカーの男の正体は、もう摑んでるんだよな」

「いいえ、まだわかっていません」

石戸が言った。

「本当かい」

「はい。もう遺体の顔を覆ってもかまいませんね？」

「ああ」

力丸はうなずいた。石戸刑事が手早く二人の故人の顔面を白布で隠した。

そのすぐ後、三十代後半の眼光の鋭い男が死体安置所に入ってきた。石戸の顔色が変わった。

「おたくら三人は誰の許可を貰って、ここに入ったんだっ。わたしは刑事課強行犯係主任の若槻警部補だが……」

「お三方は警察ＯＢなんですよ」

　石戸刑事が答えた。

「そうなんだってな」

「現在、『共進警備保障』を経営されてる穂積さんは十年前まで警察庁刑事局次長だったそうです。要人護衛室の海老沢室長も、本庁警備部の元警視正だったとか。最もお若い力丸さんも、三年前までは渋谷署の生安課にいたそうですよ」

「だから？」

「署長と刑事課長の許可を貰って、自分、三人のＯＢをここにご案内しました」

「三人は被害者の身内じゃないんだ。警察ＯＢだからって、特別扱いしてもいいのかっ」

「ですが……」

「署長、刑事課長、それから石戸も服務規定違反だな。本庁人事一課監察に内部告発したら、三人ともそれなりの科を与えられることになるだろう」

「主任、あんまりいじめないでくださいよ」

「おまえ、男だろうが！　上の連中に気に入られたいんだろうが、イエスマンで終わってもいいのかっ」

「主任、言い過ぎですよ。警察は階級社会なんです。上司の命令に背(そむ)いたら、働きにくくなるでしょ！」

「一般警察官(ノンキャリア)が出世欲を持っても仕方ないだろうが。どんなに頑張ったところで、最高は警視止まりなんだから」

若槻が石戸を睨(ね)めつけた。石戸は口を尖(とが)らせたが、言葉は発しなかった。

「あなたの言う通りだな。ＯＢだからって、甘えちゃいけない」

穂積が若槻を見ながら、呟くように言った。

「引き取ってもらえますね？」

「そうしよう。あなたは、なかなか気骨(きこつ)がある。言い訳になるが、殺された的場さんはうちの会社の大事な顧客だったんだ。香取もかわいい社員だった。それで、感傷に流されて、麻布署の署長に甘えてしまったんですよ。署長は昔の上司の頼みだったんで、断りきれなかったんだろう。悪いのは、このわたしです。署長と刑事課長、それから石戸巡査長をあまり責めないでやってくれないか。頼みます」

「今回は目をつぶりましょう。とにかく、速(すみ)やかに引き取ってください」

若槻が急(せ)かした。力丸たち三人は外に出た。

ちょうどそのとき、社長秘書の砂岡史子に腕を支えられた香取の妻が歩いてきた。

大きな腹を抱えた香取千帆は、いまにも倒れそうだ。足取りが心許(こころもと)ない。

社長、室長、力丸の順に香取の妻に悔やみの言葉を述べた。千帆は涙を堪えながら、黙って頭を下げた。

石戸刑事が香取千帆と社長の従妹を死体安置所に導く。若槻が二人に何か声をかけたが、よく聞き取れなかった。

穂積が海老沢室長に言った。

「弔いが終わったら、すぐ香取の慰労金を一億円払ってやってくれないか」

「わかりました」

「奥さんは密葬にしたいと史子に言ったそうだが、みんなで裏方を務めてやってほしいんだ」

「もちろん、そのつもりです。葬儀費用も会社負担ってことでかまいませんね」

「ああ。香取は、たった三十年しか生きられなかった。自分の子も抱けなかったわけだから、さぞ無念だったろう」

「ええ」

「本庁の機動捜査隊の協力者は、今回の事件の捜査情報を流してくれそうなのか？」

「例の協力者に打診してみたんですが、どうも腰が引けてるようなんですよ」

「そうか。あまり無理をしないでくれ。裏のことを上層部に知られてしまったら、われわれの志が中途半端な結果になってしまうからな」

「そうですね。別の方法で手がかりを得て、二人の命を奪った奴を捜査当局よりも早く突きとめ、それなりの制裁を加えるつもりです」

「海老沢君、頼んだぞ」

「力を尽くします」

海老沢が緊張した顔で誓った。

「社長、きっちり決着(オトシマエ)をつけますよ」

力丸は穂積に声をかけた。

穂積がうなずいたとき、死体安置所から香取千帆の悲鳴に似た泣き声が洩(も)れてきた。穂積社長の従妹の嗚咽(おえつ)も耳に届いた。

「香取が千帆さんと結婚したいと言ったとき、反対すべきだったのかもしれないな」

海老沢がどちらにともなく言った。力丸は室長に問いかけた。

「ＶＩＰの護衛は、常に死と隣り合わせだからですか？」

「そうだ。警視庁のＳＰほどじゃないにしろ、命を落とす危険性が高い。香取が結婚してなければ、千帆さんは若くして未亡人になることはなかっただろう」

「でしょうね」

「香取が結婚する前に要人護衛室(ＶＩＰ)のメンバーから外すべきだったんだろうな。ほかのメンバーは独身だから、万が一のことがあっても連れ合いを悲しませることはないわけだが」

「そうですが、独身者にもそれぞれ親兄弟、恋人、友人なんかがいます。周りの誰かを悲しませることでは同じでしょ？」

「そうなんだが、香取の奥さんは来月、出産予定なんだ。あまりにも過酷な運命じゃないか」

「ええ、そうですね。しかし、千帆さんは好きな男の子供を授かったんですから、生きる張りは与えられたんじゃないでしょうか」

「そうでも考えないと、辛すぎるね。今後はメンバーの誰かが所帯を持ちたいと言いだしたら、結婚前に要人護衛室から子会社のどこかに移ってもらおう」

「その考えには、わたしも賛成です。裏の仕事は危険だらけですからね。メンバーの誰かがいつ命を落としても不思議じゃない」

「社長、今後はメンバーを独身者だけに絞りましょうよ」

海老沢が提案した。

「そうしよう。今回のような悲劇は、もう繰り返したくないからな」

「ええ」

「それにしても、香取の死が惜しまれるね」

穂積が空を仰いだ。夏の空は、まだ昏れなずんでいなかった。

千帆が砂岡史子と外に出てきたのは数十分後だった。泣き腫らした顔が痛々しい。

「われわれは奥さんを自宅マンションまで送り届けるから」

室長が力丸に耳打ちして、穂積社長と若い未亡人に歩み寄った。四人はひと塊になり、社長のレクサスに足を向けた。

力丸は動かなかった。若い石戸刑事を食事に誘って、初動捜査状況をそれとなく探り出す気になったからだ。

たたずんでいると、見覚えのある女性が近づいてきた。的場の妻の瑠美だった。

「この度はとんだことで……」

力丸は型通りの挨拶をした。

「夫が昨夜のうちに撃ち殺されてたなんて、わたし、思ってもいませんでした。ガードマンの方は巻き添えを喰ってしまったんでしょう？　申し訳ないわ」

「気丈夫ですね。ご主人が亡くなられたというのに、しっかりしてらっしゃる」

「的場とは、だいぶ前から心が離れていましたからね。悲しみやショックは、それほど感じてないの。ちょっと薄情すぎるでしょうか。でも、夫の浮気癖にはさんざん泣かされてきたから、仕方ないですよ。遺体は、どこに安置されてるの？」

未亡人がさばさばとした口調で訊いた。

力丸は死体安置所のドアをノックし、石戸刑事を呼んだ。瑠美が名乗って、死体安置所の中に入った。

「おたく、まだそんな所にいたのか⁉」

若槻警部補が声を裏返らせた。

「すぐに帰ったら、香取が寂しがると思ったんでね。もう少しそばにいてやりたいんですよ」

「もっともらしいことを言ってるが、石戸から捜査情報を探り出そうとしてるんじゃないのか？」

「もう現職じゃないから、個人的に事件のことを調べようとは考えてないよ」

「どうだかな。おたくは、いまも猟犬のような目をしてる。仲間を殺った奴を自分で突きとめる気なんだろうが、そんなことは無理だ。探偵の真似事は諦めて、さっさと消えてくれ」

「なんか勘違いされてるようだな」

力丸は苦笑し、若槻に背を向けた。

後ろでドアが閉められた。力丸は物陰に身を潜めた。

十分ほど待つと、若槻刑事と的場瑠美が一緒に死体安置所から現われた。

「わたし、ほかの刑事さんに知ってることは何もかも話しましたよ。夫の葬儀のことを事務所の人たちと相談しなければならないんで、このまま帰らせてほしいわ」

「手間は取らせません。奥さん、改めて捜査に協力してくださいよ」

「的場は何でも自分ひとりで決めて実行してましたので、わたしは多くを知らないんですよ」

「それでもご夫婦だったわけですから、何か手がかりになるような事柄を知ってるにちがいありません。刑事課で麦茶でも飲みながら、雑談するような感じで、こちらの質問に答えてくれればいいんですよ」

「手短に済ませてくださいね」

「ええ、そうします」

若槻が警察署の建物に瑠美を引き入れた。

それから間もなく、死体安置所から石戸刑事が姿を見せた。力丸は物陰から出て、石戸に歩み寄った。

「服務規定を破らせてしまって、悪かったな」

「気にしないでください。警察ＯＢの三人を死体安置所に入れたことが後日、問題になったら、署長か刑事課長が責任を取ってくれるでしょうから。自分は上司の指示に従っただけですんで」

「若槻主任は生真面目なんだな」

「主任は他人(ひと)に厳しく、自分には甘いんですよ。正義漢ぶってますけど、いろいろ悪い噂があるんです」

「どんな悪い噂があるんだい？」

「ＯＢの方だから、喋っちゃいましょう。でも、オフレコにしといてくださいね」

「わかった」

「若槻主任は上司のちょっとしたルール違反を咎めたりしてますが、自分だって、服役中の強盗殺人犯の奥さんに言い寄ったりしてるんですよ。重要参考人の妹を事情聴取と称して、レンタルルームに連れ込んで、いかがわしい行為に及んだこともあるみたいなんです」

「素顔は悪徳警官なんだ？」

「そうみたいですよ。でも、仕返しを恐れて、相手の女性たちが変なことはされてないと言ってるんで、懲戒免職にはなってませんけどね。若槻主任は偽善者ですよ」

「そんな奴がきょうのルール違反を本庁の人事一課監察に密告するわけにはいかないな」

「内部告発なんかできっこありません。当の本人が、まずいことをいろいろやってるようなんですから」

「そうだな。ところで、夕飯を一緒にどこかで喰わないか。殺された香取は、弟みたいな奴だったんだよ。こっちは元刑事だから、初動捜査の情報を流してもらえば、被疑者の見当はつくと思う。もちろん、もう民間人だから、加害者を割り出しても逮捕なんかできない」

「そうですね」

「手柄はきみに譲るよ。ただ、一日も早く射殺犯を取っ捕まえてほしいと思ってるだけなんだ。悪い話じゃないだろう？」

「警察ＯＢであっても、民間の方に捜査情報を洩らしたら、自分の立場がまずくなります。何も聞かなかったことにしてください。失礼します」

石戸が言って、駆け足で遠ざかっていった。

力丸は足許の小石を蹴った。

2

空気が重苦しい。

同僚の香取が一昨日、顧客の映画監督とともに射殺されたせいだ。力丸は数葉の鑑識写真に目を落とした。

要人護衛室と同じ十階にある会議室だ。ホワイトボードの前には海老沢室長が立ち、テーブルには力丸のほかに笠、二階堂、串田、村上、雨宮がついていた。麻布署で香取の遺体と対面した翌日の午後二時過ぎである。

午前中に司法解剖は終わっていた。しかし、警視庁機動捜査隊にいる協力者から得られた情報は多くなかった。

解剖所見の写しと数枚の鑑識写真しか提供してもらえなかった。初動捜査に関する聞き込み情報は、まったく得られなかった。協力者は及び腰になりはじめているのだろう。

知り得たことはマスコミ報道の内容とあまり変わらなかった。二人の被害者の死亡推定日時は、一昨日の午後十時から同十一時四十分の間とされた。

ライフルマークから、凶器はマカロフＰｂと断定された。だが、薬莢と弾頭には加害者の指掌紋は付着していなかった。

現場には犯人の足跡が遺されていた。靴のサイズは二十七センチだった。

しかし、特殊な靴ではなかった。大量生産されている革の短靴だった。履き物から犯人を割り出すことは、きわめて難しい。

「室長、機捜のシンパは明らかに腰が引けてるね。おれたちの裏仕事のことを上司にリークするかもしれないから、事故死を装って殺っちゃったほうがいいんじゃないの？」

元陸自のレンジャー隊員の笠が海老沢に言った。乾いた口調だった。

「例の協力者が及び腰になりはじめてることは間違いないんだろう。しかし、彼はわれわれが裏でやってることを他言したりしないよ。そんなことをしたら、彼自身が懲戒免職になるからな」

「ま、そうだけどね。機捜と麻布署は、もうワンボックスカーに乗ってた不審者の身許を割り出してるんじゃないのかな。おれはなんとなくそんな気がするね」

「そうなのかもしれないな」

「香取が殺されたんだからさ、メンバー全員で犯人捜しをやろうよ。おのおのが担当してる依頼人に違約金を払ってさ」

「そういうわけにはいかない。差し当たっては、主任の力丸に事件の真相を探ってもらう。それで、ほかのメンバーには本業の合間を縫って、力丸をサポートしてほしいんだ。いいね？」

海老沢が順番に笠、二階堂、串田、村上、雨宮を見た。五人が相前後して、無言でうなずく。

「よろしくな。きのう、香取の奥さんから自宅マンション近くのセレモニーホールで家族葬をするつもりだという話を聞いた」

「香取の遺体は、そのセレモニーホールに移されたんですね？」

元麻薬取締官の二階堂が室長に訊いた。

「もう東京都監察医務院からセレモニーホールに回されたと思う。明日通夜を営むつもりだったらしいんだが、火葬場のスケジュールの都合で、日程を早めざるを得なくなったそうだ」

「ということは、きょうが通夜になるわけですね。そして、明日には香取は骨になってしまうわけか。早いな。親族は、もっと時間をかけて故人の死を悼みたいでしょう？　特に奥さんはね」

「しかし、ほかの火葬場も明後日は予定で一杯らしいんだ」

「夏ですが、ドライアイスを抱かせておけば、腐敗は進まないはずです。火葬するのは、もっと先でもいいでしょ？」

「わたしも、そう思うな」

串田が二階堂に同調した。元公安調査官だ。串田のかたわらに坐った元刑事の村上が、海老沢に声をかけた。

「明後日、空きのある火葬場がどこかにあるんじゃないのかな。わたし、探してみますよ」

「みんなの気持ちはわかるが、もう奥さんは明日に告別式をやると決めたようなんだ」

「そうですか」

「家族葬だから遠慮すべきなんだろうが、メンバーがそっと通夜に顔を出すことは許してもらえた。それぞれ都合をつけて、弔問してやってくれないか。セレモニーホールの場所は後で教える」

「千帆さん、心細いでしょうね。先方が迷惑でなければ、わたし、彼女に付き添ってもかまいませんよ。室長、どうしましょう？」

雨宮真衣が言った。

「社長秘書の砂岡さんがちょくちょくセレモニーホールに様子を見に行くと言ってたが、雨宮も一緒に顔を出してもらおうか」

「わかりました」

「それじゃ、解散だ。各自、それぞれの仕事をこなしてくれ」

海老沢がホワイトボードの文字を消した。笠たち五人のメンバーが会議室から出ていく。

海老沢と力丸の二人だけになった。力丸は、数葉の鑑識写真を室長に返した。

「室長、その後、大阪府警の協力者から新情報は？」

「正午過ぎに社長の準キャリの後輩がちょっとした手がかりをもたらしてくれたんだ。白鳥玲華こと中林さとみがスナッフ・ムービーに出演したのは間違いなさそうなんだよ。元AV女優は一カ月半ほど前に守口市にある実家に電話をかけて、的場監督の次回作に出演することが決まったと母親に報告したというんだ」

「そのとき、嬲り殺される役だとも言ったんでしょうか？」

「そうらしい。白鳥玲華は殺人者役の男優が真剣を振り回すことになってるから、ちょっと怖いと言ってたというんだ。でも、迫真の演技ができそうだとも語ってたようだな」

「同じことを元AV女優は、交際相手の稲森卓にも話したんですかね」

「そう考えてもいいだろうな。愛人がなかなか東京から戻ってこないことを不審に思った稲森は玲華の投宿先を突きとめて、そこに行ってみた。そして愛人が荷物を残したまま失踪してることを知って、的場監督の身辺を嗅ぎ回った」

「その結果、元AV女優が撮影中に誤って真剣で斬殺されたと直感した。あるいは、スナッフ・ムービーの秘密上映会のことを知ったんでしょう」

「どちらかなんだろうね。稲森は的場監督に白鳥玲華の死体の遺棄場所を突きとめたとはったりをかけて、口止め料を要求したんだろう。しかし、監督は脅迫に屈しなかった。それで、稲森は的場譲二を殺害する気になったんではないのかな」

海老沢が言った。

「そうなんだと思います」

「ただ、腑に落ちないこともあるんだよ。極道の稲森は、殺人が割に合わないことを知ってるはずだ」

「でしょうね。しかし、愛人が虫けらのように殺されたことに怒りを覚えて、後先見ずに監督を強請る気になったんでしょう」

「そうだったとしたら、浪友会藤本組の極道は元AV女優に本気で惚れてたのかもしれないね。愛しい者が殺されたら、冷静でいられなくなるだろうからな」

「そうなのかもしれません。本庁の機捜から捜査情報をあまり得られなかったから、麻布署の若槻警部補から手がかりを引き出すことにします」

「きのう、われわれ三人が香取の遺体と対面したときに文句を言った強行犯係の主任だね？」

「ええ、そうです。若槻警部補は正義漢ぶってましたが、とんでもない野郎らしいんですよ」

力丸は、石戸刑事から聞いたことをそのまま喋った。

「若い巡査長が言ったことが事実なら、若槻主任には弱みがあるわけだ」

「そうなりますね。若槻をマークすれば、何か弱みの証拠を押さえられるでしょう。びくつきはじめてる麻布署の署長から強引に初動捜査情報を探り出すよりも、そのほうが早いと思います」

「そうだろうな。しかし、あまり手荒な方法で若槻主任を追い込むなよ。向こうは現職なんだから、面子もあるだろう。捨て身で反撃してくるかもしれないぞ」

「そのへんは心得てますよ。これから、麻布署に行ってみます」

「わかった。手が足りなくなったら、すぐ連絡してくれ。誰かメンバーを送り込む」

海老沢が言った。

力丸は先に会議室を出て、エレベーター乗り場に向かった。地下駐車場に下り、エルグランドに乗り込む。

麻布署は地下鉄六本木駅の並びにある。二十分弱で、目的地に着いた。

力丸は車を六本木通りの端に寄せ、偽電話で若槻が署内にいるかどうか確かめた。在署しているという。

張り込みを開始する。緊張感が高まった。

きょうは朝から曇っている。そのうち雨が降りだしそうな空模様だ。

刑事になりたてのころ、雨の日の尾行は失敗することが多かった。しかし、何年か経つと、そういうことはなくなった。

むしろ、成功することが多くなった。雨降りだと、マークした対象者を見失いやすい。だが、その代わりに尾行を覚られにくくもなるからだ。

力丸は紫煙をくゆらせつつ、ありし日の香取を思い浮かべた。

賭け事で大きく負けても、故人は決して他者に八つ当たりをするようなことはなかった。どんなときも明るく振る舞っていた。

仲間思いでもあった。香取は力丸の窮地を救っただけではない。

串田や村上が危険な目に遭ったとき、命懸けで加勢した。それでいて、相手に恩着せがましいことは一言も言わなかった。若いながらも、なかなかの好漢だった。

香取は千帆と結婚するとき、あれほど好きだったギャンブルを一切断った。妻になる女性を失望させたくなかったのだろう。子供ができたら、大切に育んだにちがいない。誠実で、責任感のある男だった。

力丸は、香取が大きく成長することを楽しみにしていた。それだけに残念でならない。惜しくて諦めきれない気持ちだった。

雨雲が一段と低く垂れ込めてきた。

それから二分も経たないうちに、大粒の雨が落ちてきた。みる間に雨脚が強くなった。土砂降りに近い。

視界が悪くなった。力丸は車を十数メートル、麻布署に近づけた。路面は白く煙っているが、見通しは利くようになった。

若槻警部補が署舎から現われたのは、午後五時数分前だった。

連れはいなかった。若槻は格子柄の傘を差しながら、六本木交差点に向かって歩きだした。車の進行方向とは逆だった。

力丸は近くの交差点で、エルグランドをUターンさせた。

若槻は六本木交差点を渡り、外苑東通りに沿って歩いている。力丸は左のウインカーを灯し、交差点を曲がった。外苑東通りを低速で進む。

若槻は百数十メートル歩くと、車道に寄った。タクシーを拾う気なのだろう。力丸は、ごく自然に車をガードレールに寄せた。

若槻が空車に乗り込んだ。黒っぽいタクシーだった。

力丸は、若槻を乗せたタクシーを追尾しはじめた。

タクシーは直進し、青山通りを左折した。力丸は一定の車間距離を保ちながら、タクシーを追いつづけた。

タクシーは青山通りを進み、渋谷駅の手前で宮益坂を下った。直進し、道玄坂の八千代銀行の先を右に折れる。七、八十メートル先にある八階建てのシティホテルの前で停まった。

情事に使われることで知られているホテルだ。シティホテルの造りだが、カップル客が圧倒的に多い。

若槻がタクシーを降り、ホテルのエントランスロビーに入った。力丸は車をホテルの車寄せの手前に停止させ、館内に走り入った。

ちょうど若槻がフロントの横にある喫茶室に入ったところだった。

力丸は大きな観葉植物に身を寄せ、喫茶室を覗き込んだ。嵌め殺しのガラス仕切りから店内は丸見えだった。

若槻は中ほどのテーブル席で、三十歳前後の女と向かい合っていた。美人ではないが、グラマーだった。若槻は出入口に背を向けている。

相手の女性は緊張している様子だ。若槻は、犯罪者の妻か妹を口説く気でいるのではないか。彼の後ろのテーブル席は空いている。

力丸はそっと喫茶室に入り、若槻と背中合わせに坐った。ウェイトレスに作り声でブレンドコーヒーを頼む。

力丸は煙草に火を点け、耳をそばだてた。

「夫は実刑になっちゃうんでしょ？」

「微妙なところだね。強盗は未遂に終わってるから、執行猶予が付くかもしれない。旦那は失業して、生活費欲しさにタクシーの売上金を強奪しようとしたわけだが、実際には金はかっぱらってない。それから、運転手にも怪我(けが)はさせなかった」

「ええ。夫はアパートの家賃も払えなくなったんで、魔が差したんだと思います。根は真面目(まじめ)で、働き者なんですよ。だけど、雇用保険の手当も先々月に切れちゃったから、切羽詰まって……」

「そうだったんだろうな。同情の余地はあるね」

「若槻さん、なんとか力になってもらえないでしょうか。調書に夫が深く反省してると記述していただければ、検事さんも同情してくれると思うんですよ」

「地検の奴らは起訴した以上、被告者に実刑を喰らわせないと、負けたことになると思ってるんだ」

「担当検事さんに若槻さんがうまく言ってくだされば、有罪でも執行猶予が付く可能性はあるんでしょ？」

「うん、まあ。担当検事とは長いつき合いだから、多少は手加減してくれると思うよ。しかし、こっちも無理なお願いをすることになるわけだから、簡単にうなずくわけにはいかないいんだ」

「ええ、そうでしょうね」

二人の会話が中断した。

そのとき、力丸のコーヒーが運ばれてきた。煙草の火を揉み消し、ブラックで啜る。

「実刑判決が下ったら、夫は自暴自棄になってしまうと思います」

「そうだろうな」

「わたし、なんとかお金を工面して、若槻さんと担当検事さんに謝礼をお支払いします。といっても、数十万円ずつしか差し上げられませんけど」

「奥さん、金はまずいよ。袖の下なんか使われたら、わたしも担当検事、それから奥さんも手錠を打たれることになるからね」

「困ったわ。わたし、どうしたらいいんでしょう？」

「なんとか奥さんの力になりたいんだ。実はね、部屋を取ってあるんだよ。静かな場所で、相談しないか」

「えっ⁉」

「小娘じゃないんだから、もう覚悟しなさいよ。奥さんは好みのタイプなんだよな。一度つき合ってくれるだけでいいんだ。そうすれば、旦那に執行猶予が付くよう働きかけてやる」

「いまの話、本当なんですね？」

「嘘なんかつかないよ。こっちは警察官なんだ」

「少し考えさせてください。夫を救いたいとは思ってるんですが、そのために体を提供することには抵抗があります」

「だったら、奥さん、もう帰りなよ。こっちだって、危険なことをするわけだからさ」

「怒らないでください。わたし、お部屋に行きます」

犯罪者の妻が意を決した。若槻が満足そうに笑った。

「屑野郎だな、おまえは」

力丸は言いながら、椅子から立ち上がった。若槻が驚きの声をあげ、目を丸くした。

「二人の遣り取りはＩＣレコーダーに録らせてもらった。シラを切っても無駄だぞ」

力丸は上着のポケットを押さえ、思いついた嘘をついた。若槻が蒼ざめる。

「奥さん、若槻の狙いは体だよ。あんたを抱いても、力になんかなってくれるわけがない」

「あなたは何者なんです？」

「通りすがりの者さ。旦那が実刑を喰らうのはショックだろうが、悪徳警官の口車に乗せられたら、後で泣くことになるよ。早く帰ったほうがいいな」

「わかりました」

女が弾かれたように立ち上がり、そそくさと喫茶室から出ていった。力丸は、若槻の前に腰かけた。

「どこから尾けてきたんだ？」

「麻布署からだ。正義漢面して、悪さを重ねてるようだな」

「ICレコーダーごと買い取らせてくれないか。いくらで譲ってくれる？」

若槻が打診してきた。

「三億ばかり用意してもらうか」

「冗談はやめてくれ。三十万で手を打ってくれないか？」

「売るか売らないかは後で決める。まず質問に答えてもらう。きのう、的場瑠美から改めて聞き込みをしたな。そのときの内容を喋ってくれ」

「おたく、何を考えてるんだ⁉　まさか個人的に事件のことを調べる気になったんじゃないだろうな」

「質問してるのは、こっちだ。素直に答えないと、そっちは間違いなく懲戒免職になるぞ」

「わ、わかったよ。的場監督がガードマンに身辺を護らせる理由について、突っ込んで訊いてみたんだ」

「夫人は、どう答えた？」

「大阪の稲森卓って極道は愛人の元ＡＶ女優が監督の実験的映画の撮影中に死んでしまったことを知ってるぞとネットの掲示板に何度も書き込んで、自宅にもしつこく脅迫電話をかけてきたらしいんだ。稲森って野郎は故意に白鳥玲華という芸名の元ＡＶ女優を死なせたんじゃないかと凄んで、一億円の口止め料を出せと的場監督を脅迫してたというんだよ」

「瑠美がそう言ったんだな？」

力丸は確かめた。若槻がうなずいた。

なぜ、監督の妻は自分には明かさなかったのか。疚しさがあったからなのだろうか。瑠美は夫がスナッフ・ムービーを撮り、元ＡＶ女優を誰かに殺害させたことを知っていたのかもしれない。さらに的場が秘密上映会を開いて、大金を儲けていたことも承知していたのではないか。

「おたくは何を企んでるんだ？」

「同じことを何度も言わせるな。質問するのはこのおれで、そっちじゃない」

「わかったよ」

「で、麻布署の刑事課は稲森って極道が監督を殺って、ガードマンの香取も始末したと読んだわけか」

「うん、まあ」

「はっきり答えろ！」

「そうだよ」

「それで、稲森の居所はわかったのか？」

「それは……」

「警察官人生に終止符を打つ気になったようだな」

「待て、待ってくれ。稲森の宿泊先はまだわかってないんだが、新宿駅周辺のシティホテルを転々としてるみたいなんだ。そのあたりで目撃されたという情報をキャッチしたんだよ」

「そうか。稲森のほかに捜査線上に浮かんできた被疑者は？」

「いないんだ。稲森がクロだろうね。ICレコーダーを出してくれないか。手持ちの十数万をそっくり渡す。残りの金はコンビニのATMで引き出して、すぐに渡すからさ。五十万でもいいよ」

「売る気はなくなった。寝首を掻かれたくないからな。おれのコーヒー代も払っといてくれ」

力丸は腰を上げ、出入口に足を向けた。

3

汗みずくだった。

力丸は上着を脱いで、長袖シャツの袖口を捲り上げた。西武新宿駅に隣接しているシティホテルのロビーだ。

午後八時過ぎだった。力丸は道玄坂のホテルを後にしてから、新宿西口にある高層ホテルをすべて回った。模造警察手帳をフロントで見せ、関西弁の柄の悪い男が投宿していないかどうか訊いた。しかし、稲森はどのホテルにも泊まっていなかった。

力丸はハンカチで額の汗を拭ってから、フロントに歩み寄った。

フロントマンは三人だった。

力丸は四十年配のフロントマンに模造警察手帳を呈示し、警視庁組織犯罪対策部第四課の刑事になりすました。彼は各種の身分証を持ち歩き、使い分けていた。検察官や弁護士を装うこともある。

フロントマンの顔が引き締まった。

「ちょっと宿泊者リストを調べてほしいんだ。大阪の稲森卓という三十五歳の暴力団組員を捜してるんだが、おそらく偽名でチェックインしたんだろう」

「少々お待ちになってください」

「悪いね」

力丸はカウンターに片肘(かたひじ)をついた。フロントマンが端末のキーボードを軽やかに叩いた。

「稲森卓というお名前のお客さまはいらっしゃいませんね」

「そう。稲田(いなだ)、稲川(いながわ)、稲葉(いなば)なんて偽名を使ってるかもしれないな。似かよった姓で、大阪が現住所になってる男の泊まり客をチェックしてくれないか」

力丸は頼んだ。フロントマンが言われた通りにした。

「どうだい？」

「稲取卓郎(いなとりたくろう)というお客さまは大阪の方ですね。三十五歳で、リース会社経営となっています」

「多分、そいつだろう。その客は、いつチェックインしたの？」

「一昨日の午後三時過ぎですね」

「部屋は？」

「一二〇七号室です。このお客さまは何をしたんでしょう？」

「恐喝を働いたようなんだ」

「これから、その方を逮捕されるんですか？」

「張り込むだけだよ。ホテルに迷惑はかけないから、安心してくれないか。協力、ありがとう」

力丸はフロントから離れ、エレベーター乗り場に回った。一番手前の函（ケージ）で、十二階に上がる。

一二〇七号室の前に立ち、チャイムを鳴らした。数十秒後、ドア越しに男の声が聞こえた。

「誰や？」

「ホテルの者です。お寛（くつろ）ぎのところを申し訳ありませんが、お部屋のスプリンクラーを点検させていただきたいのです」

「いまか？」

「はい。ほんの数分で済みますので、どうかご協力願います」

「しゃあないな。いま、ドアを開けたるわ」

「ありがとうございます」

力丸はドアの横に移動した。

ドアが内側に吸い込まれた。力丸は一二〇七号室に躍り込んだ。ひと目で極道とわかる風体の男が目を尖らせた。

「誰やねん？　ホテルマンやないなっ」

「浪友会藤本組の稲森卓だな？」

「誰やと訊いとるやないけ！」

「警視庁組対の者だ」

力丸は偽の警察手帳を短く見せた。

「わし、危いことはしてへんで。いったい何やねん？」

「こっちの質問に先に答えろ。稲森だなっ」

「そうや」

「両手を頭の上で重ねろ！」

「令状持っとるんのか？」

「世話を焼かせるなって」

「そやけど、逮捕状も持ってへん刑事の言いなりになったら、男が廃るわ」

稲森がぶつくさ言った。力丸は二本貫手で、稲森の両眼を突いた。稲森が呻く。

力丸は手早く稲森の体を探った。物騒な物は所持していなかった。

「関西の警官は、こんな荒っぽいことせえへんで」

稲森が上瞼を押さえながら、腹立たしげに言った。

「一昨日の夜十時ごろ、そっちは六本木にいたんじゃないのかっ。解体されることになってた古い雑居ビルの近くに駐めたワンボックスカーの中にいたよな？」

「なんの話や？　一昨日の夜は、ずっと部屋におったわ。ニーナってベラルーシ出身のデリバリーの女とベッドの上で、ええことしてたんや。ニーナが帰ったんは午前三時過ぎやった。部屋に来たんは前の晩の九時半ごろやったな。わし、一歩も部屋から出んかったで」

「その白人娼婦の連絡先は？」

「知らんわ。このホテルのグリルでステーキ喰っとったら、若い男が近づいてきよって、ベラルーシ美人を部屋に呼べる言うたから、八万円の遊び代を渡して、ニーナと二回戦を娯しんだだけや。どっかの組が売春組織を仕切ってるんやろうけど、連絡先なんて知らんわ。ほんまや」

「ま、いいさ。そっちは、元ＡＶ女優の白鳥玲華とつき合ってたな。彼女の本名は中林さとみで、実家は守口市にある」

「さとみのことは知っとるけど、それがなんだっちゅうねん？」

「元ＡＶ女優は一カ月半ほど前に上京して、的場監督のオーディションを受け、殺される情婦の役を貰ったんだよな」

　力丸は確かめた。

「警察がなんで知ってるんや、そないなことまで⁉」

「白鳥玲華は撮影中に消息を絶った。それで、そっちは何度か東京に来て、愛人の行方を追った。その結果、玲華が撮影中に死んだと知った。そうなんだろう？」

「さとみが泊まっとった笹塚のウィークリーマンションに行ったことは行ったわ。けど、荷物をそのままにして姿をくらましとったんで、恵比寿の『的場プロダクション』も訪ねてみたんや。土居とかいう専務は、的場監督がオーディションをやったことは知らん言うとったわ」

「それで？」

「さとみは、的場のオーディションに通ったと嬉しそうに電話してきたんや。あいつが嘘つく理由はないねん。そやから、わし、的場の自宅の前で待ち伏せして、監督に会うたん。したらな、的場はさとみとは一面識もない言い張りよった。オーディションもしとらんと言うとったな。けど、監督はなんや焦っとる感じやったわ」

「で、問い詰めたんだな？」

「そうやねん。ようやく的場は、さとみを次回作のパイロット・シネマに出演させたことを認めよった。けどな、さとみは撮影中に自ら姿をくらましたと言ったん。わし、その話は嘘やと直感したわ。さとみは一般映画の女優として再起できるかもしれんと張り切ってたんや。自分でチャンスをほかすなんて考えられへんわ。そうやろ？」

稲森が相槌を求めてきた。

「そうだろうな」

「そやからな、的場に撮影中に何かアクシデントがあって、さとみを死なせてしまったんやないかとストレートに訊いてみたんや」

「監督はどう答えた？」

「アクシデントなんかなかったと何度も言うとったけど、明らかに狼狽してたん。そやさかい、わしはこう考えたんや。ひょっとしたら、的場はリアルな迫力のあるシーンを撮りたくて、ほんまに中林さとみを殺したんちゃうのかなと。男優が真剣使うこと、聞いとったからな」

「だから、そっちは的場監督のブログに脅迫じみた書き込みをしたんだな」

「そないなことまで知ってるんか!?」

「どうなんだっ」

「ノーコメントや」

「ふざけんな」

力丸は稲森の胃に拳を叩き込んだ。

稲森が唸りながら、前屈みになる。力丸は後ろ襟を掴んで、稲森を大腰で投げ倒した。柔道の投げ技の一つだ。

カーペットの上に転がった稲森が肘を使って、上体を起こした。

「さっきの警察手帳、もう一度見せてんか。あんた、ほんまの刑事やないやろ？」

「いいから、書き込みをしたかどうか答えるんだ。おれを焦らす気なら、そっちをサンドバッグにするぞ」

「あんたのパンチは、えろうきつかった。昔、ボクシングをやってたんやろ？」

「少々な。そんなことより、ちゃんと返事をしろ」

「わし、アナログ人間なんや。パソコンはいじれへん」

「的場のブログに書き込みはしてないってことだな？」

「わし自身はな」

「誰かに書き込みを頼んだわけだ？」

「それは……」

稲森が言い澱んだ。力丸は稲森の腹を蹴った。稲森が横に転がって、長く呻いた。

「蹴り殺してやってもいいな」

「もう蹴らんといてえな。舎弟に、若い者に書き込みをさせたんや」

「それだけじゃないはずだ。そっちは的場監督の自宅にも電話して、付け回したんだろうが！」

「何もかもお見通しなんやな。ああ、そうや。的場に一億円出せ言うてやった。金を出さんかったら、撮影中にさとみを死なせてしまったことを表沙汰にすると脅してやったんや」

「しかし、的場は要求を突っ撥ねたんだな？」

「そうや。けど、わしは的場を殺ってないで。ほんまや。一昨日の晩は、ほんまにこの部屋でベラルーシ育ちの女とナニしてた。わしには、ちゃんとしたアリバイがあるんや。ニーナを見つけて、一昨日の夜のことを訊いてんか」

「そっちの持ち物をチェックさせてもらう。立って、持ち物を取ってくるんだ」

力丸は命じた。稲森が身を起こし、ライティング・ビューローの上に置いてある焦茶のトラベルバッグを運んできた。

力丸は中身を仔細に検べた。マカロフPbも予備のマガジンも隠されていない。力丸はクローゼットの扉を開け、洋服のポケットをことごとく探った。

ベッドマットの下も覗いた。しかし、消音型拳銃は見つからなかった。

映画監督と香取を射殺したのは稲森ではなさそうだ。少なくとも、実行犯ではないと判断してもいいだろう。

「舎弟かヒットマンに的場を殺らせたんじゃないだろうな？」

「よう考えてみてくれや。わしは的場から本気で銭を脅し取る気やったんやで。一億円は無理でも四、五千万は毟れる思っとったんや。的場がすぐに銭を出さんから言うて、みすみすスポンサーを殺すかいな」

「ま、そうだろうな。そっちは、的場が故意に共演者に元AV女優を殺させたと睨んでたんだろう？」

「多分、そうやったんやろうな」

「それ以上のことも推測してたんじゃないのか」

「どういう意味やねん？」

「的場は前作の文芸映画の製作も手がけてて、およそ五億三千万の借金をしょい込んでたんだよ」

「そうやったんか。そやから、すんなり金を出そうとしなかったんやな」

「それもあっただろうが、的場監督は致命的な弱みをそっちに知られて、丸裸にされることを恐れてたんだろう」

「やっぱり、的場はわざと中林さとみを殺させたんやな」

「確証はないが、そうだったんだろうな。的場が金欲しさにスナッフ・ムービーを撮ったという噂があるらしいんだ」

「なんやねん、それは？　わし、横文字は苦手なんや」

稲森が言った。

「実際の殺人場面を撮影した違法な映像のことだよ」

「アメリカなんかじゃ、そういう映像が高く闇で売買されてるらしいやないか。わしも、タイ製の死姦(しかん)ビデオは観(み)たことあるわ。殺された娘(こ)はかわいそうやったけど、かなり興奮したことは確かや。けど、殺されるシーンは映っとらんかったわ」

「そうか」

「銃殺シーンはテレビのニュースなんかで何遍(なんべん)も観(み)とるけど、若い女が残忍な方法で殺される映像は観たことあらへん。そういう殺人の実写を観たがる人間は、大勢おるんちゃう？　秘密上映会を開いたら、いっつも満員御礼ってことになりそうやな」

「的場はスナッフ・ムービーの秘密上映会を催(もよお)して、大儲けしてたという噂もあるんだよ。そっちがそこまで嗅ぎつけたかもしれないと思ってたんだが……」

「知らんかったわ。知っとったら、その原盤を的場から脅し取って、毎日、秘密上映会や。入場料が十万、二十万でも、客が次々に押しかけてきたと思うわ」

「だろうな」

「おたく、インテリやくざなんやろ？　刑事に化けて、強請(ゆすり)の材料(ネタ)を見つけてるんやないのか。そやったら、わしとつるまん？　的場は、そのスナッフ・ムービーをどこに隠してるんやろうか。二人で危(ヤバ)い映像を手に入れて、銭をでっかく稼ごうやないかい。どや？」

「おれは現職の刑事だ」

「もう芝居はやめや。おたくは一匹狼の悪党（ワル）なんやろ？　それで、ええやないか。わしと組んで、おいしい思いをしようや」

「見損うな。おれは薄汚い小悪党じゃない」

「大物かもしれんけど、銭は嫌いやないはずや。金と女が嫌いな男は、この世にひとりもおらん。ゲイは別やけどな。スナッフ・ムービーは的場の自宅にあるんやないか。これから、監督の家に押し込もう。ええやろ？」

「おまえは性根（しょうね）まで腐り切ってるな」

「なんやて⁉」

「しばらくおねんねしてろ」

力丸は言いざま、稲森の眉間に体重（ウエイト）を乗せた右のストレートパンチを浴びせた。強（したた）かな手応えがあった。稲森が大きくよろけ、仰向けに倒れた。唸ったまま、起き上がろうとしない。

「あばよ」

力丸は言い捨て、一二〇七号室を出た。

地下駐車場に下（くだ）り、エルグランドに乗り込む。エンジンをかけたとき、海老沢室長から電話がかかってきた。

「的場監督の自宅に何者かが侵入したらしいんだ、夫人がセレモニーホールに出かけて留守の間にね」

「金品を盗(と)られたんですか？」

「いや、現金や貴金属にはまったく手がつけられてないそうだよ。おそらく狙いは、スナッフ・ムービーの原盤だったんだろう」

「ええ、そうなんでしょうね。ようやく稲森の投宿先を突きとめました。しかし、あの極道はシロでしょう」

力丸は経緯(いきさつ)をつぶさに語った。

「そういうことなら、稲森は一昨日の事件(ヤマ)には関わっていないんだろうな」

「ええ。稲森の話に嘘がないとしたら、的場瑠美は意図(いと)的に事実を語っていないことになります。監督夫人はスナッフ・ムービーのことはまったく知らないような言い方をしてましたし、夫が稲森に何かで強請られてることに気づいてるはずなんですよ」

「未亡人と監督はあまり夫婦仲がよくなかったという話だったね？」

「そうなんですよ。それでも夫婦ですから、旦那の不名誉になるようなことは避けたくて、スナッフ・ムービーのことは知らないと空とぼけたんでしょう」

「そうなのかもしれないね。稲森が事件に無関係だとしたら、射殺犯はスナッフ・ムービーをどうしても手に入れたいと考えてるんじゃないのかな。どう思う?」

「そうなんでしょうね。そいつは、的場になんとか違法映画の原盤を譲ってくれと頼み込んだ。しかし、監督は手放そうとしなかった」

「そうなんだろうな。それだから、犯人自身か第三者が監督宅に侵入して、家捜しをしたにちがいない。犯人はスナッフ・ムービーを手に入れて、秘密上映会で儲けたいと考えてたんだろうか」

「そうじゃないとしたら、殺人実写映画の中に犯人の姿が映ってたんでしょう。そいつが元AV女優を惨殺するまでのシーンが鮮明に映ってたんだと思います」

「ということは、共演者なんだろうね。殺人シーンが映ってるマスターフィルムを焼却しない限り、そいつは安心できない。それで何がなんでもスナッフ・ムービーを欲しがってたわけか」

「おそらく、そうなんでしょう。射殺犯は、どちらかの理由で監督の自宅に忍び込んだんだろうな。室長、これから的場宅に行って、瑠美夫人に会ってみますよ。彼女がなんで事実を隠そうとしたのか、その理由を知りたいんで」

「まだ所轄署の刑事がいるだろう。それは明日にして、東中野のセレモニーホールに来てくれ。きみ以外のメンバーは、もう通夜に顔を出してるんだ。力丸が来るなら、わたしはここで待ってるよ」

「すぐセレモニーホールに向かいます」

力丸は電話を切り、シフトレバーに手を掛けた。

4

車のホーンが鳴り響いた。

いよいよ出棺だった。東中野にあるセレモニーホールの車寄せだ。

力丸は洋型霊柩車（れいきゅうしゃ）に一礼した。香取の告別式である。家族葬とあって、弔問客は疎（まば）らだった。

すでに遺族は霊柩車やマイクロバスに乗り込んでいた。力丸の横には、『共進警備保障』の社長、要人（VIP）護衛室室長、社長秘書、故人の同僚の五人が並んでいる。

「香取、おまえの仇（かたき）は討（う）ってやるからな」

レンジャー隊員崩れの笠玲太が霊柩車に向かって、大声で叫んだ。その声は湿っていた。

「おまえと会えてよかったよ」

「香取、ゆっくり寝（やす）んでくれーっ」

二階堂と串田が別れを告げた。

村上は泣きじゃくっていた。紅一点の真衣は、さようならと小声で呟いた。いまにも彼女は泣きそうな表情だった。

霊柩車が地を這うように動きはじめた。

マイクロバスが後につづく。少ない弔い客が一斉に頭を垂れた。午前十一時過ぎだった。力丸は黙礼し、空を仰いだ。

空は哀しいまでに澄み渡っていた。ちぎれ雲ひとつ浮かんでいない。

ほどなく霊柩車とマイクロバスが視界から消えた。セレモニーホールの従業員が弔問客たちを館内に導く。浄めの品を手渡すためだ。

「的場監督の自宅に行きます」

力丸は海老沢室長に低く告げ、セレモニーホールの駐車場に急いだ。

エルグランドに乗り込み、黒い礼服を脱ぐ。ネクタイを外して、淡い灰色の上着の袖に腕を通した。

力丸は車を発進させた。

的場宅に着いたのは正午前だった。昼時に訪ねるのはさすがに気が引けた。

東急東横線都立大学駅近くの中華レストランで昼食を摂り、並びのティールームでコーヒーを飲む。時間潰しだ。

的場宅を訪れたのは午後一時十分過ぎだった。

監督の告別式は明日だ。きょうは通夜だが、まだ未亡人は自宅にいるだろう。留守なら、セレモニーホールに回る気でいた。

幸いにも、未亡人の瑠美はまだ自宅にいた。力丸は、玄関ホール脇の応接間に通された。瑠美と向かい合うなり、彼は告げた。

「香取の出棺に立ち合ってきました、午前中に」

「ずいぶん早く葬儀をなさったのね」

「火葬場の都合で、きょう告別式をやることになったようですよ」

「そうなの。巻き添えで担当のガードマンさんを死なせてしまったのですから、後日、わたしも弔問させてもらうつもりです」

「そうしてやってください。ところで、奥さんは事実を語ってくれませんでしたね」

「え？」

「きのうの夜、大阪の極道の投宿先を突きとめたんですよ。浪友会藤本組の稲森卓のことです。なぜ、監督が稲森に一億円の口止め料を要求されてたことを話してくれなかったんです？」

「えっ、そうなの」

瑠美が驚いた顔つきになった。うろたえている様子だった。

「空とぼけないでほしいな」

「そう言われても……」

「奥さん、わたしは元刑事なんですよ。事件関係者の嘘を多く見抜いてきた人間なんだ。あまりなめないでもらいたいな」

「夫が稲森という関西のやくざに何かで強請られてることは知ってましたけど、なんで脅迫されてるかはわからなかったの。それから、金額もね」

「その言葉をそのまま信じる気にはなれないな。監督は借金返済のため、元AV女優の白鳥玲華を使って、リアルな殺人映像を撮ったんでしょ？　絡みの男優は真剣を振り回し、玲華を斬殺した。もちろん、アクシデントなんかじゃない。的場監督は最初っから生の殺人シーンを撮る気で、スナッフ・ムービーをこっそり製作した。奥さん、そうなんでしょ？」

「生の殺人映画なんか撮るわけありません。夫は、的場は元AV女優を使ってハードな裏DVDを撮ったと言ってたの。本当よ」

「仮にそうだったとしたら、稲森が要求した口止め料は吹っかけすぎだな。裏DVDなら、一億円出せと言えるほどの弱みとは言えませんからね」

「そうでしょうか。わたしがこんなことを言うのも変ですけど、的場譲二は名の売れた映画監督だったんです。そんな夫がお金欲しさに裏DVDを撮ってたこと自体、大変なスキャンダルでしょ？　大阪のやくざ者が一億円の口止め料を出せと脅迫してきても、別に不思議じゃないと思いますよ」

「百歩譲って奥さんの言った通りだったとしても、脅迫者がマスターフィルムを何がなんでも手に入れたいと思うかな。きのう、ここに何者かが忍び込んで家じゅうを物色したことはわかってるんです」

「そうなの」

「そいつが家捜しまでする気になったのは、裏ＤＶＤの原盤が欲しかったからとは思えない。スナッフ・ムービーのマスターフィルムを手に入れたかったんでしょう」

「あなたは夫が生の殺人映画を撮ったと極めつけてかかってるけど、何か根拠があるの？」

「物証は摑んでません。しかし、状況証拠から的場監督が白鳥玲華にうまいことを言って、スナッフ・ムービーに出演させたと思われる」

力丸は言った。

「臆測や推測の域を出てないじゃないの。そこまで言うのは、いくらなんでも失礼よ。夫の名誉に関わることじゃありませんかっ」

「告訴してもかまいませんよ。困るのは、そちらだろうからね」

「怒りますよ、わたし」

「お好きなように！」

「確かに的場は五億三千万ほど負債を作って、頭を抱えてたわ。だからって、スナッフ・ムービーを撮るなんてことは考えられませんよ。秘密上映会を開けば、手っ取り早く儲けられるでしょうね。でも、自殺行為じゃないの」

「それだけ監督は心理的に追い込まれてたんだろうな」

「わたしは、夫がそこまで堕落したとは思えないわ。エロい裏ＤＶＤを撮っただけよ」

「奥さん、麻布署の若槻刑事にいい加減なことを言ったんですか？　こっちは、あなたが一昨日の夕方、若槻に喋ったことを知ってるんですよ」

「えっ⁉」

「何もかも正直に話してほしいな。スナッフ・ムービーのことは知ってたんでしょ？」

「夫からは何も聞いてません。でも、ここに電話をかけてきた稲森という極道から、的場が生の殺人映画を撮影中に白鳥玲華という元ＡＶ女優を死なせたにちがいないという話は聞かされてました。それから、夫が一億円の口止め料を要求されてたこともね」

「やっと喋ってくれたか」

「でも、的場は稲森には一円も払う気はなかったみたいよ。別に証拠を握られてたわけじゃないからでしょうね。あっ、そうか。きのう、この家に忍び込んだのは稲森なんじゃない？　家のどこかに生の殺人映画の原盤があると思って、それを盗み出そうとしたんでしょう」

「侵入者は稲森じゃないな。奴にはアリバイがありそうなんですよ」

「それじゃ、いったい誰が家に忍び込んだの？」

「監督は、元ＡＶ女優の共演者のことは何も言ってなかったのかな？」

「ええ、何も。ただ、五億三千万の借金はそう遠くないうちに返済できそうだとは言ってたわ。映画好きの事業家たち五人がそれぞれ一億円ずつ無利子無催促で、お金を貸してくれそうだと言ってたんですよ」

「その五人の氏名や連絡先はわかるのかな」

「事務所の土居専務なら、知ってるかもしれないわ。ちょっと別室で専務に電話してきますね」

未亡人がソファから立ち上がり、応接間から出ていった。力丸はセブンスターに火を点けた。

一服し終えたとき、瑠美が応接間に戻ってきた。

「専務は、そんなありがたい話は夫から一度も聞いたことがないと言ってたわ。的場はわたしを安心させたくて、ありもしない話をしたのかしら？」

「そうなんだろうか」

「土居専務はスナッフ・ムービーのことはまったく知らないと言ってたけど、事務所に何本か変な電話がかかってきたらしいの」

「変な電話？」

力丸は訊き返した。

「ええ。どうすれば珍しい実写フィルムを観られるのかという問い合わせだったみたいね。秘密は守るから、ぜひ上映会場をこっそり教えてほしいと言われたそうよ。専務はわけがわからなかったので、素っ気なく電話を切ってしまったらしいの。専務の話を聞いて、わたし、夫が密かにスナッフ・ムービーを撮ってたのかもしれないと思いました」

「的場監督が使ってた部屋を検べさせてもらいたいんだが、どうだろう？」

「別にかまいませんよ。寝室と書斎に案内するわ」

未亡人が案内に立った。

力丸は瑠美に従って、まず二階の寝室に入った。十五畳ほどの広さだった。

「きのう忍び込んだ犯人が部屋を散らかしたんで、片づけたばかりなのよ。あまり引っ掻き回さないでね」

瑠美が言った。

力丸は無言でうなずき、室内をくまなく検めた。だが、探し物は見つからなかった。

寝室を出て、奥の書斎に入る。

十二畳ほどのスペースだ。窓寄りに両袖机が据えられている。机の上はノートパソコンと書物で、ほとんど埋まっていた。三方の壁には重厚な書棚が並んでいる。映画関係の書物だけではなく、文学全集や美術全集も収めてあった。手がけた映画のシナリオも撮影順に棚に入っている。

先に書棚の奥を覗く。しかし、徒労だった。

未亡人に立ち合ってもらい、机の引き出しを一段ずつ引き抜く。フィルムの入ったパトローネは目に触れなかったが、瑠美が銀行の通帳と印鑑を発見した。

「へそくり用の通帳だと思うわ」

未亡人が苦笑しながら、通帳を開いた。すぐに瑠美が驚きの声を洩らした。

「どうしたんです？」

「五人の個人から二千万円ずつ振り込まれてたの」

「えっ」

力丸は通帳に目をやった。未亡人が言ったことは事実だった。

的場は、スナッフ・ムービーを観た客から二千万円ずつ無心したのではないか。力丸は真っ先にそう思った。瑠美に断って、銀行名、振込人名義、振込日などをメモさせてもらう。

「五人の方が振り込んだ二千万円は、なんなんでしょうね？」

瑠美が問いかけてきた。力丸は自分の推測を口走りそうになったが、すぐに思い留まった。

「さあ、見当がつかないな」

「夫はスナッフ・ムービーの秘密上映会のお客さんたちから、二千万円ずつ半ば強引に借りたのかしら。そういう人たちは殺人の実写映画を観たって弱みがあるわけだから、的場の頼みを断りにくかったんじゃない？」

「そうなんだろうか」

「この通帳のことを警察の人に話したほうがいいのかな。ううん、まずいわね。もし夫が恐喝じみたことをしてたら、不名誉なことだもの」

「そのへんの判断は奥さんに任せますよ」

「黙ってることにするわ」

未亡人が短く考えてから、呟くように言った。

「そのほうがよさそうだな」

「あなたも黙っててね。お願いします」

「余計なことは言いませんよ。どうもお邪魔しました」

力丸は書斎を出て、階下に降りた。的場宅を辞して、エルグランドに乗り込む。

故人が隠し持っていた通帳は、メガバンクの自由が丘支店の物だった。自由が丘は一駅先だ。

力丸は車を走らせはじめた。

十分そこそこで、目的の支店に着いた。力丸は現職刑事を装って、支店長との面会を求めた。ほどなく支店長室に通された。

「的場譲二さんの口座に二千万ずつ振り込んだ五人の方の連絡先を教えてほしいんですよ」

ソファに坐るなり、力丸は切りだした。四十七、八歳の支店長が困惑顔になった。

「警察に協力したい気持ちはあるんですが、個人情報に関することはお教えできないんですよ」

「もちろん、そのことは承知してます。しかし、振込人の誰かが的場監督射殺事件に関与してるかもしれないんです」

「えっ、そうなんですか⁉　なぜ、そんなことになったんです？」

「監督は五人の振込人から二千万円ずつ脅し取った疑いが出てきたんですよ」

力丸は、もっともらしく言った。確たる証拠があるわけではなかった。しかし、そうでも言わなければ、協力は得られないだろう。

「的場譲二といったら、著名な映画監督じゃありませんか。そんな方が恐喝めいたことをするとは思えませんね」

「製作と監督を手がけた前回の文芸大作が不振で、約五億三千万円の負債を抱えてたんですよ。監督は借金の返済に頭を悩ませてたんで、つい人の道を踏み外してしまったんでしょう」

「それにしても、にわかには信じられない話だな」

「誰もがそう思うでしょうね。しかし、その疑いは濃いんですよ」

「そうなんですか」

「われわれ捜査関係者は、一日も早く事件を解決したいと願っています。国民の血税で捜査をしてるわけですからね。原則を曲げたくはないでしょうが、ここはひとつ協力願いたいな」

「弱ったな」

「それでは、こうしていただけませんか。五人の振込人の個人情報を記した書類をどこかに落としてもらって、こちらがそれを拾う。そういうことなら、あなたは責任を問われないでしょう?」

「しかし、部下の行員に見られたら、まずいですよ」

「書類をこの支店長室の中に落としてもらえば、まず第三者に見られる心配はないと思います」

「なるほど。なかなか……」

「悪知恵が発達してるとおっしゃりたいんでしょ？」

「まあ、いや」

「税金の無駄遣い（づか）はよくありません。人助けだと思って、ぜひ力を貸してほしいな」

「わかりました。ここで少々、お待ちになってください」

支店長がすっくと立ち上がり、そのまま廊下に出た。

力丸は、ほくそ笑（え）んだ。支店長が戻ってきたのは六、七分後だった。

分厚い書類の束（たば）を両手で捧（ささ）げ持っていた。支店長は一番上のペーパーをわざとらしく床（ゆか）に落とし、ポーカーフェイスで机に向かった。

力丸はソファから立ち上がって、フロアの書類を拾い上げた。五人の振込人の個人情報が載っていた。

「感謝します」

力丸は支店長室を出て、表に出た。

車を支店から数百メートル遠ざけてから、路肩（ろかた）に寄せる。

振込人のひとりは建築家で、中目黒にオフィスを構えていた。帆足雅士（ほあしまさし）という名で、四十八歳だった。

力丸はエルグランドを中目黒に向けた。

帆足の事務所を探し当てたのは二十数分後だった。力丸は『共進警備保障』の社員であることを明かし、所長との面会を求めた。待つほどもなく奥の所長室に案内された。

帆足は画家を想わせるような風貌で、ラフな恰好をしている。名刺交換を済ませると、二人はコーヒーテーブルを挟んで向かい合った。

「監督が撮ったスナッフ・ムービーを観ましたね？」

力丸は開口一番に言った。帆足が口の中で呻き、ひどく取り乱した。

「警戒しないでください。あなたが殺人の実写映画をこっそり観たことを他言する気はありませんので」

「ど、どうして秘密上映会に行ったことをご存じなんです⁉」

「ま、いいじゃないですか」

「的場監督がスナッフ・ムービーを観た客のことをあちこちで言ってるんじゃないのか。五十万も入場料を取っておきながら、後日、二千万円も出世払いで用立ててくれと言ってきた。借金が重いんだろうが、やり方が汚いよ。まるで暴力団みたいじゃないか」

「やっぱり、そうだったか」

「えっ、的場から聞いたんじゃないの？」

「情報源は別人です。しかし、その人物が帆足さんを強請るようなことはありません。

ですから、こっちの質問に答えてほしいんですよ」

「何を知りたいんです？」

「スナッフ・ムービーのことは誰から聞かれたのかな。監督自身があなたを秘密上映会に誘ったんですか？」

力丸は訊いた。

「そうじゃないんだ。高校時代の級友で居酒屋チェーンを全国展開してる会社のオーナーに誘われて、京浜運河沿いの倉庫で催された秘密上映会に行ったんだよ」

「その方のお名前は？」

「有坂重和だよ。有坂はわたしのほかに大学時代の先輩と後輩、それから知り合いの公認会計士にも声をかけてた」

「そのお三方のお名前は？」

「大学の先輩が小牧、後輩は原島、公認会計士は三善って名だったと思う」

帆足が答えた。有坂、小牧、原島、三善の四人も振込人リストに載っていた。

「その方たちも全員、監督の口座に二千万円ずつ振り込んでますね」

「なんだって⁉　的場は、われわれの弱みにつけ込んだんだな」

「そうなんでしょう」

「スナッフ・ムービーの内容を教えてください」

「なあんだ、きみは観てないのか」

「ええ。しかし、おおよそのことはわかっています。情婦役の女が日本刀を持った男にぶった斬られるんでしょ？」

「別に役柄なんてなかったよ。素っ裸の女がサディスティックに嬲られつづけて、タイガーマスクを被った男に片手と片脚を切り落とされてから、首をちょん斬られて息絶える瞬間まで撮影されてたんだ」

「サイレントじゃなかったんでしょ？」

「音声は入ってたよ。殺された女は関西訛で命乞いして、泣き喚いてた。逃げ回りながら、小便も垂れ流してたね。さすがにかわいそうだったが、迫力満点だったよ」

「歪んでるな」

「その通りなんだが、ものすごくエキサイティングな映像だったよ。入場料の五十万は高いとは思わなかったね。しかし、あの映像を観たことで、わたしは二千万円も無心されてしまった」

「自業自得ですね。的場監督は、そのスナッフ・ムービーを自分で撮ったと言ったのかな？」

「そういう言い方はしなかったね。ショッキングな生の殺人映画を観せてやると言っただけだったよ。製作者はもちろん、殺された女やタイガーマスクの男のことはまったく触れなかった」

「女を斬殺した男は撮影中、何か喋った？」

「一度も口は開かなかったね。終始、無言だったよ。それだけに、なんか無気味だったね。体つきから察して、あの男はまだ二十代なんだろうな。カメラの前で落ち着いてたから、役者なのかもしれない」

「秘密上映会には、何人ぐらい集まってた？」

「百人はいただろうね。女も四、五人いたよ」

「観客は富裕層ばかりだったんだろうが、どいつもまともな人間じゃないな。あんたもだ」

「きみの狙いは何なんだね。口止め料をせびりに来たんだよな。いくら欲しいんだ？」

「見損うな！」

力丸は帆足の顔面に右のストレートパンチをぶち込んだ。

帆足が上体をのけ反らせ、長椅子に横倒しに転がった。

力丸は嘲って、勢いよく立ち上がった。そのまま所長室を出て、出入口に向かう。

第三章　生殺人映画(スナッフ・ムービー)の波紋

1

エルグランドの運転席に乗り込んだ。

その直後、仕事用のスマートフォンが鳴った。力丸は上着の内ポケットから、スマートフォンを取り出した。発信者は海老沢室長だった。

「いつもの情報屋から聞いた話なんだが、裏DVD制作会社の『フェニックス映像』が首都圏のビデオ・DVD販売店に近日中にスナッフ・ムービーのDVDを卸せると前宣伝してるらしいんだよ」

「その会社は、確か関東誠友会の企業舎弟(フロント)ですよ。二次団体の前川(まえかわ)組の幹部が経営を任されてるんじゃなかったかな」

「その通りだ。社長は一色直哉(いっしきなおや)、四十七歳。情報通りだとすれば、『フェニックス映像』と関わりのある者が殺人実写映画の原盤を手に入れて、的場監督と香取を射殺したのかもしれないな」

「ええ、考えられますね」

「ちょっと一色に揺さぶりをかけてみてくれないか」

海老沢が言って、『フェニックス映像』の所在地を告げた。代々木だった。

力丸は経過を室長に報告した。

「監督の未亡人はスナッフ・ムービーの製作が犯罪になるんで、ずっと空とぼけていたんだろうか」

「多分、そうなんでしょう。的場がそんな違法映画を撮って、入場料五十万円でタブーの映像をこっそり観せてたことが世間に知れたら、大変なことになりますから」

「そうだな。妻としては、ひた隠しにしておきたいか」

「でしょうね」

「それにしても、的場監督は悪党だったんだな。帆足たち五人から二千万円ずつ無心してたとはね。出世払いという言い方をしたようだが、れっきとした恐喝だよ」

「ええ、そうですね。帆足たち五人のほかにも同じ手で入場料の五十万円のほかに〝追加料金〟を取られた者が大勢いそうだな」

「そうだろうね。『フェニックス映像』の一色社長は的場がスナッフ・ムービーでうまく儲けてることを嗅ぎつけて、違法映画を譲れと迫ったのかもしれないな。スナッフ・ムービーを大量にＤＶＤ化して売れば、数億円、いや、十数億儲けられるだろう」

「でしょうね。的場監督はスナッフ・ムービーを撮った覚えはないとシラを切りつづけたんで、ガード中だった香取と一緒にマカロフＰｂで頭を撃ち抜かれてしまったんでしょうか」

「凶器がロシア製の消音型拳銃ということを考えると、その線が濃いな。きのう、目黒区平町の的場宅に忍び込んだのは一色んとこの若い者なのかもしれないぞ」

「所轄の碑文谷署は、不審者の目撃情報を掴んだんでしょうか？」

「その件で探りを入れてみたんだが、そういう証言は得てないようだな。監督宅は邸宅街の一角にあるから、昼間でも人通りが少ないんだろう」

海老沢が言った。

「確かに人影は少なかったですよ」

「とにかく、『フェニックス映像』に行ってみてくれないか」

「わかりました。これから、ただちに向かいます」

力丸は通話を切り上げ、車を代々木に走らせた。

目的の会社は、ＪＲ代々木駅の近くの雑居ビルの二階にあった。車を雑居ビルの裏手に停め、一色のオフィスに電話をかける。受話器を取ったのは若い男だった。

「はい、『フェニックス映像』です」

「一色社長と直に話したいんだが……」

「おたくはどちらさん？」

「伊東という者だけど、アメリカで手に入れたスナッフ・ムービーを買ってほしいんだよ。黒人の若い男が金髪美女を嬲りに嬲ってから、ガソリンをぶっかけて焼き殺しちゃう実写フィルムなんだ」

力丸は、でまかせを言った。

「本当なんですか？」

「もちろんさ。ＤＶＤにして、ネットで売れば、大儲けできると思うぜ」

「いま、社長に電話を回します。そのままお待ちください」

相手の声が熄んだ。待つほどもなく社長の一色が電話口に出た。

「アメリカで手に入れたスナッフ・ムービーを持ってるんだって？　原盤なのか」

「ええ、そうです」

「そりゃ凄い。いま、現物を持ってるのかな？」

「ええ。実は、おたくの会社の近くまで来てるんですよ」

「だったら、オフィスに来てほしいな。映写機もあるからさ。本当に原盤なら、七百万、いや、一千万で買ってもいい。もちろん、現金で払うよ。名前は伊東さんだったよね？」

「そうですが、そっちには行きたくないな」

「なんで？」

「『フェニックス映像』が関東誠友会の企業舎弟（フロント）だってこと、おれ、知ってるんですよ。うっかりオフィスを訪ねたら、殺人の実写フィルムを奪（と）られて、ボコボコにされちゃいそうだからな」

「そんなことはしないよ」

「社長、悪いけど、裏にある月極（つきぎめ）駐車場まで来てくれませんか。まず現物を見てもらって、値段の交渉をしたいんだ」

　力丸は言った。

「一千万円じゃ売れないってことか」

「安すぎるでしょ？」

「いくらなら、手放してもいいと思ってるんだい？」

「二千万はほしいな」

「高いね。高いよ」

「そう言うなら、別の同業者に売り込みましょう」

「ちょっと待てや。とにかく、会おうじゃないか。値段の交渉は、それからだ。そういうことでいいね？」

「ええ。社長ひとりで駐車場に来てほしいな。それから、丸腰でね」

「こっちは筋噛んでるが、ふだんは危ない道具は持ち歩いちゃいない。だから、安心してくれ。五、六分待っててくれや」

電話が切られた。

力丸はスマートフォンを上着の内ポケットに突っ込むと、すぐ車を降りた。

夏の陽光に炙られ、路面は蒸れている。力丸は数十メートル歩き、月極駐車場に足を踏み入れた。割に広い。三十台以上の駐車スペースがある。十数台の乗用車とワゴン車が駐めてあった。

力丸は、車の陰になる場所にたたずんだ。背後と両側には雑居ビルが建っている。どの窓も閉っていた。誰かに見られる心配はなさそうだ。

力丸は煙草に火を点けた。

ふた口ほど喫ったとき、四十代後半の男が月極駐車場に入ってきた。きちんと背広を着ているが、堅気には見えない。『フェニックス映像』の一色社長だろう。

力丸は喫いさしのセブンスターを足許に落とし、火を踏み消した。

「一色だけど、おたくが伊東さんかい？」

相手が確かめ、力丸の前で立ち止まった。

力丸は無言でうなずき、模造警察手帳を短く見せた。

「刑事だったのか⁉」

一色が焦って身を翻した。

力丸は組みつき、足払いを掛けた。一色が横転する。力丸は屈み込んだ。

「近日中にスナッフ・ムービーのＤＶＤを取引先に卸せるって前宣伝してるんだってな」

「誰がそんなことを言ってやがるんだ？」

一色が上体を起こした。力丸は表情を変えずに右フックを放った。一色が、ふたたび横倒しに転がった。

「なんだよ、急に」

「時間稼ぎをしても無駄だ。あんたが前川組の幹部でも、こっちは手加減なんかしないからな。素直にならなきゃ、救急車で病院に担ぎ込まれることになるぞ」

「渡世人より柄が悪い刑事だな。スナッフ・ムービーのＤＶＤを近いうちに卸せると触れ回ったのは一種の囮だったのか」

「『フェニックス映像』は、的場監督のプライベートフィルムを手に入れたって噂が耳に入ってるんだ。ばっくれてると、後で泣くことになるぜ」

力丸は鎌をかけた。

「あの的場が撮ってたプライベートフィルムって、殺人実写映画だったのか？」

「そうだ。そっちが手下に監督を射殺させて、スナッフ・ムービーを奪ったんじゃないのかっ」

「そんなことさせてねえよ、おれは。的場譲二が借金を抱えてたって話は、スポーツ紙の記事で読んだことあるけどな。あれだけ名の売れてた映画監督がスナッフ・ムービーなんて撮らねえと思うぜ、いくら金に困ってたとしてもな」

「きのう、監督の自宅に何者かが忍び込んで、家捜ししたんだ。おそらく、そいつはスナッフ・ムービーの原盤をかっぱらいたかったんだろう」

「そうなのかもしれねえけど、おれは若い者に的場を殺らせてない。それから、監督の自宅の家捜しもさせてねえよ」

一色が言いながら、半身を起こした。

「嘘じゃないなっ」

「疑うなら、うちの事務所と倉庫に家宅捜索かけりゃいいじゃねえか。在庫の裏DVDはごっそり押収されちまうだろうが、殺人の嫌疑をかけられるよりは増しだからな。どこを引っくり返したって、スナッフ・ムービーの原盤なんか出てきやしねえよ。そういう違法映像が手許にあるんだったら、おたくの作り話にまんまと騙されたりしねえって」

「どうやら偽情報に踊らされてしまったようだな」

「早とちりで済むかよっ」

「気が済まないんだったら、おれを告訴すればいいさ。どうする？」

「渡世人が警察に被害届なんか出したら、笑い者にされるだけだ」

「そうだろうな」

「殴られ損だけど、運が悪かったと諦めらあ。だから、家宅捜索は勘弁してくれよな？」

「いいだろう」

力丸は言って、大股で歩きだした。月極駐車場を出て、エルグランドに乗り込む。

運転席のドアを閉めたとき、またもや海老沢から電話がかかってきた。

「室長、情報屋の話はただの噂だと思います」

力丸は、一色の反応をかいつまんで語った。

「そういうことなら、『フェニックス映像』は事件には関与してないんだろう。無駄足を踏ませる結果になって、悪かったね」

「いいえ、気にしないでください。それよりも、何か新たな手がかりを摑んだんではありませんか」

「ああ、ちょっとね。建築家の帆足雅士から会社に電話があって、身辺警護の依頼があったんだよ」

「えっ、どういうことなんです？」

「正体不明の男から帆足に電話があって、京浜運河沿いの倉庫でこっそり例のスナッフ・ムービーを観たことを表沙汰にされたくなかったら、さらに一千万円の追加料金を指定の銀行口座に三日以内に振り込めと脅迫されたらしいんだよ」

「そういう脅迫を受けたのは、帆足雅士だけなんだろうか」

「いや、そうじゃないそうだ。友人の有坂重和に電話で問い合わせたら、同じように一千万円の追加料金を払えと脅されたというんだよ。さらに有坂と同じ大学出身の小牧と原島、それから公認会計士の三善という男もそれぞれ一千万を要求されたという話だったね」

「その五人は、同じ日に秘密上映会に行ってます。そういうことを知り得るのは、的場譲二に近い人物だろうな」

「スナッフ・ムービーの撮影スタッフ、白鳥玲華を斬殺したタイガーマスクの男、秘密上映会の見張りといった奴らが怪しいね。それから、未亡人の瑠美も疑えなくはないな」

「そうですね」

「帆足に脅迫電話をかけた男はボイス・チェンジャーで、地声(じごえ)を変えてたそうだ。正体が割れるのを恐れて、おそらく公衆電話を使ったんだろう」

「でしょうね。室長、ちょっと確認しておきたいんですが、脅迫者は帆足に一千万円の追加料金を払えと脅しをかけたんですよね？」

「建築家は、そう言ってたよ」

「そうですか。ということは、的場監督の書斎の机の中にあった銀行通帳に帆足たち五人から二千万円ずつ振り込まれてた事実を知ってる人物が脅迫に関わってると考えてもいいいな」

「未亡人の瑠美をマークする必要があるね。彼女は夫の〝恐喝相続人〟になって、秘密上映会の客たちから搾れるだけ搾る気になったのかもしれないぞ」

「そうだとしたら、男の共犯者がいますね。そいつが帆足たち五人に一千万円の追加料金を電話で要求したんだろうな」

「ああ、多分ね。瑠美は夫の浮気癖に悩まされつづけて、夫婦の関係はうまくいってなかった。年恰好から考えると、『的場プロ』の土居専務あたりと不倫をしてたのかもしれないぞ」

「室長の推測が正しければ、土居と瑠美が共謀して、的場監督を破門された暴力団組員か誰かに射殺させた疑いもあるな。もちろん、スナッフ・ムービーの原盤も手に入れて、どこかに隠してあるんでしょう」

「二人がその気になれば、たやすく秘密上映会の客のリストを入手できるだろう」

海老沢が言った。

「そうですね。それで、帆足のガードはどうするつもりなんです？」

「何か手がかりを摑めるかもしれないんで、村上に帆足の護衛をやらせようと思ってるんだ。ちょうど彼は、きのうで手が空いたんでな」

「そうですか。村上は元盗犯係の刑事ですが、この三年で殺人捜査の基本はマスターしたはずです。彼に任せても問題はないでしょう。どう思われます？」

「大丈夫だろうね」

「なら、村上を依頼人の事務所に向かわせます。自分は少し土居専務の動きを探ってみます」

「ああ、そうしてくれ」

「室長、香取の自宅には会社の者はもう誰もいないんですか？」

「いや、社長秘書と要人護衛室の雨宮が香取の奥さんのそばにいるはずだよ」

「そうですか。香取は骨になったばかりだから、なるべく奥さんをひとりにしないほうがいいと思います」

「二人とも、そのへんのことはわかってるだろう」

「ええ、そうでしょうね」

力丸は電話を切って、シートベルトを掛けた。

2

見覚えのある女性が雑居ビルから出てきた。

力丸は、相手の顔をよく見た。『的場プロダクション』の女性社員だ。間違いない。

力丸はエルグランドから降りた。小一時間前から車の中で張り込んでいたのだが、肝心の土居専務はいっこうに姿を見せなかった。

「あなた、『的場プロ』の方ですよね？」

力丸は、三十代前半に見える女性に確かめた。

「はい。そちらは『共進警備保障』の方でしたね？」

「そうです。ちょっとうかがいたいことがあるんですよ。お手間は取らせません」

「何を知りたいんです？」

相手が問いかけてきた。

「ここでは人目につきますので、脇道に入りませんか？」

「は、はい」

「こちらに……」

力丸は先に脇道に入った。女性社員が従いてくる。二人は道端で向かい合った。

「早速、本題に入りますね。土居専務のことなんですが、監督の奥さんとの関係はどうなんでしょう？」

「どういう意味なのかしら？」

「単純な質問なんです。仲がいいのか、悪いのか。どちらなんでしょう？」

「普通だと思いますよ。特に仲がいいってわけではありませんし、悪くもありません。専務は亡くなった監督の才能を高く評価していましたけど、奥さんとは事務的に応対してるだけでしたんで」

「そうですか。専務と未亡人の瑠美さんが、実は不倫関係にあるなんてことは考えられませんか？」

　力丸は訊いた。

「それは考えられませんね。専務には、もっと若い彼女がいるんですよ。その女性は五年前まで『的場プロ』で働いていたんですけど、妻子のいる専務といい仲になったんで、仕事を辞めたんです」

「土居さんは、いまもその彼女とつき合ってるんですか？」

「だと思いますよ。専務は、そのうち離婚して、彼女と再婚する気でいるんじゃないのかな」

「そうですか。瑠美さんは監督の浮気に悩まされてきたようだが、夫以外の男性と密かにつき合ってたなんてことはあるんだろうか」

「不倫相手がいたのかどうかわかりませんけど、奥さんは売れない男優や無名の新人に目をかけてましたよ。年下のイケメンが好きなんでしょうね」

「特に監督夫人が目をかけてた役者は？」

「結城一歩（ゆうきいっぽ）という駆け出しの俳優がいるんですけど、ご存じじゃないでしょう？　三本の劇場映画（ホンペン）に出演したんですけど、脇役も脇役でしたんで」

「その彼は、的場監督の作品に出演したんですか？」

「いいえ、そうではありません。三本とも別の監督の映画（シャシン）に出たんです。仕出しに近い脇役だったんですけど、主役や準主役に匹敵する存在感がありました」

「そうなんですか」

「だから、的場監督の奥さんが結城一歩を次回作の主役にしてと夫に強く頼んだんです。監督も結城一歩に実際に会ってみて、すぐ気に入ったようでした。それで、次回作の主演に結城一歩を起用することになったんです。専務はリスクが大きすぎるんで、だいぶ反対したんですけどね。でも、監督に押し切られて、次回作の主役は結城一歩で決定したんですよ」

「そう。シナリオの決定稿は？」

「とっくにアップしてたんですけど、前回の文芸大作の興行成績が悪かったんで、大手映画会社がどこも企画に乗ってこなかったんですよ。監督はシネマ・ファンドから製作費を引っ張ってくる気でいたみたいですけど、次回作は幻で終わっちゃいました。結城一歩は監督が亡くなったんで、がっかりしてると思います」

「結城一歩のことを詳しく教えてください。芸名なんでしょ？」

「いいえ、本名ですよ。二十七歳で、個性的な美青年ですね。白人とのハーフっぽい顔立ちで、背も高いんです」

「役者で喰（く）えてるわけじゃないんでしょ？」

「ええ。代官山にある『ジャンクA』という古着ショップで店員をしてます。給料はあまりよくないみたいだから、監督夫妻に彼は小遣いを貰ってたんじゃないかしら？　あら、もうこんな時間ね。わたし、銀行に行かなきゃならないんです。これで、失礼させてもらいます」

　女性社員が急ぎ足で歩きだし、間もなく表通りに出た。

　力丸は車に戻った。これ以上、土居専務をマークしつづけても、意味ないだろう。代官山なら、目と鼻の先だ。

　力丸はエルグランドを発進させた。恵比寿駅前通りを抜けて、旧山手通りに入る。恵比寿西一丁目交差点を右折し、東急アパートを通過した。七、八十メートル先に『ジャンクA』があった。

小粋な店構えだった。力丸は店の手前で車を停めた。ブランド物の中古衣類が店頭に並べられている。

力丸はエルグランドを降り、店の中に入った。

髪をブルーに染めた若い女店員が接客中だった。奥に上背のある美青年がいた。結城一歩だろう。商品を並べ直していた。

力丸は、その男に声をかけた。

「結城一歩君だね？」

「ええ、そうです。どなたでしょう？」

「『共進警備保障』の者だよ。要人護衛室の力丸という者です。こっちの部下の香取という男が的場監督のガードを担当してたんだが、二人とも先夜、射殺されてしまったんだ」

「監督が亡くなったことはショックでした。ぼく、次の的場作品の主演に起用してもらえることになってたんですよ」

「その話は『的場プロ』の方から聞いて知ってる。ビッグチャンスだったのにな」

「すごく残念です」

「麻布署の捜査が難航してるようだから、きょうか明日には捜査本部が設置され、警視庁捜査一課の面々が所轄署に出張るだろう。こっちは元刑事なんだよ。依頼人の的場監督と部下の二人が殺害されたんで、個人的に事件のことを調べてるんだ。協力してもらえると、ありがたいんだがな」

「いいですよ。奥の休憩室で話をしましょう」

結城が店の奥のドアを開けた。事務机と長椅子が置かれているだけで、小部屋に窓はなかった。照明が灯ってていた。

「どうぞソファにお坐りになってください」

「ありがとう」

力丸は長椅子に腰かけた。結城がスチールデスクの向こうの椅子に坐った。

「監督とガードマンの方を至近距離から撃つなんて、犯人は非情ですね。冷血漢なんだろうな」

「犯人に心当たりは？」

「ありません」

「監督には約五億三千万円の借金があったそうだが、暴力団絡みの金融業者から融資は受けてなかったらしい。したがって、その筋の人間を怒らせたとは考えにくいんだよ。女性関係のトラブルで、元愛人に逆恨みされてる様子もなかったんだ」

「そうなんですか」

「きみは知らないかもしれないが、どうも的場監督は危ない違法映画を撮って、秘密上映会を開いてたようなんだよ」

　力丸はスナッフ・ムービーのことを具体的に語った。

「監督が殺人実写映画を製作して、大金を儲けてたなんて思ってもみませんでした。借金を少しでも減らしたかったんですかね」

「そうなんだろうな。きみは、監督夫人に目をかけられてたそうじゃないか。瑠美さんから、そのあたりのことを少しは聞いてると思ったんだが……」

「いいえ、全然聞いてません。奥さんも、スナッフ・ムービーのことは知らなかったんじゃないのかな」

「いや、知ってたんだ。奥さんは、監督がスナッフ・ムービーのことで大阪の極道に一億円の口止め料を要求されてた事実を知ってたんだよ」

「えっ、そうなんですか」

「スナッフ・ムービーの撮影中にタイガーマスクを被った男に日本刀で叩っ斬られた元AV女優の白鳥玲華は、稲森という極道の愛人だったんだ。その稲森は問題の殺人実写映画は観てないようなんだが、愛人が初めっから斬殺されることになってたと直感して、的場監督を強請ったんだよ」

「でも、監督は脅迫には屈しなかったんでしょ？　それなら、稲森って大阪のやくざ者が的場監督とガードマンの二人を射殺したんじゃないのかな」

結城が言った。

「こっちもそう推測したんだが、稲森は事件には関与してなかったんだよ」

「それでは、誰が怪しいんです？」

「的場監督には重松絵里奈という愛人がいたんだが、そのことはきみも瑠美夫人から聞いてたんじゃないの？」

「ええ、まあ」

「監督夫婦の仲は冷え切ってた。的場さんには、五億三千万ほど負債があった。夫人が旦那と別れる気になったとしても、別におかしくはないよな」

「あなたは、奥さんが誰かに監督とガードマンを射殺させたと疑ってるんですか⁉」

「疑いたくなる根拠があるんだよ。的場監督はスナッフ・ムービーを五十万円の入場料を払って観た客のうち五人から二千万円ずつ〝追加料金〟を脅し取ってたんだ」

「本当ですか⁉」

「ああ。総額一億円が振り込まれた監督名義の銀行預金通帳は自宅の書斎の机の中に仕舞われてたんだが、きょう、夫人とこっちが発見したんだよ。そして、二千万ずつ無心された五人は正体不明の脅迫者から、さらに一千万円出せと電話で告げられてるんだ」

「えっ」

「未亡人が誰かを使って、五人に脅迫電話をかけさせたのかもしれないな。平町の自宅は銀行に担保に取られてるはずだから、未亡人は勝手には売却できないだろう。監督がどのくらいの生命保険金を掛けてたのかはわからないが、五億三千万円の借金をきれいにしたら、おそらく未亡人には夫の遺産は入らないと思う」

「だから、奥さんは監督にすでに二千万円ずつ毟られた五人から一千万円の〝追加料金〟を吐き出させる気になったと推測したんですね？」

「そうとしか考えられないんだよ」

力丸はいったん言葉を切って、結城一歩に揺さぶりをかけた。

「意地の悪い見方をすれば、五人の客に脅迫電話をかけたのは、きみかもしれないと疑えなくはない。きみを次回作の主役に起用すべきだと監督に強く推したのは未亡人だったらしいからな」

「ぼくまで疑われてるんですか⁉」

「もっと意地の悪い見方もできる。監督は次回作の主演にきみを起用することを条件にして、スナッフ・ムービーに出ろと強いたのかもしれない。きみは的場映画の主演になれれば、スターダムにのし上がれると算盤を弾いて、日本刀で元AV女優を斬り殺してしまった。そうだとしたら、きみはスナッフ・ムービーのマスターフィルムを回収したくなるだろうな。タイガーマスクで顔を隠しても、体型で殺人者は結城一歩と見破る観客もいるかもしれないからね。監督の自宅を家捜ししたのは、きみだったりして……」

「推測や想像で、そこまで口にしてもいいんですかっ」

結城が怒りを露にした。

「そんなふうにむきになって怒ると、ますます怪しく思えてくる。もしかしたら、きみが第三者に的場監督を始末させたのかもしれないな」

「いい加減にしてくれ！　ぼくは、次回作の主役に選ばれたんだぞ。みすみすビッグチャンスを自分の手で潰すわけないじゃないかっ」

「次の映画の資金の目処がたたないとわかったら、夢は潰えるわけだ。スナッフ・ムービーの中で元AV女優を殺した証拠を消さないと、きみは刑務所に送り込まれる」

「帰ってくれ。不愉快だっ」

「疚しさがあるから、そんなに怒るんじゃないのか？」

力丸は、なおも挑発した。結城がいきなり立って、椅子から立ち上がった。彼が両手の拳を固めたとき、女店員がいきなりドアを開けた。

「結城さん、いつまで油売ってんのよ！　わたしひとりじゃ手が回らないから、四人のお客さんが帰っちゃったじゃないの」

「別にサボってたわけじゃないよ」

「とにかく、仕事をしてくんない？」

「商売の邪魔をして悪かったね」

力丸は女店員に詫びて、狭い休憩室から出た。店を出ると、すぐ車に乗り込んだ。付近を一巡してから、『ジャンクA』の見える路上にエルグランドを停める。結城には、かなり揺さぶりをかけた。何かリアクションを起こすかもしれない。

力丸は車の中で、じっと待ちつづけた。

だが、結城はいっこうに『ジャンクA』から姿を見せない。店に裏口はなかった。

一時間が経過した。

変化はない。力丸は麻布署に行ってみることにした。

署に着いたのは二十数分後だった。

エルグランドを駐車場に置き、勝手に二階の刑事課に上がる。廊下から刑事部屋を覗き込んでいると、石戸刑事と目が合った。力丸は手招きした。

石戸がためらいがちに廊下に出てきた。

「その後、捜査はどの程度進んでるのかな」

「民間の方には、何も教えられません」

「堅いことを言うなって。こっちも三年前までは同業だったんだぜ。きょうか明日、捜査本部（チョウバ）が立つんだろう？」

「ええ、明日の午前中に。自分、それ以上のことは言えません。仕事仲間の香取さんが的場監督と一緒に射殺されたわけですから、個人的に犯人捜しをしたくなる気持ちはわかりますが、捜査は自分たち現職に任せてくださいよ」

「若槻主任を呼んでくれないか。この階にいるんだろう？」

「いることはいますが、主任は何も喋らないでしょう」

「そうはいかないと思うよ」

「主任の弱みを何か握ったんですね？」

「なんか嬉しそうだな」

「自分、偽善者が嫌いなんですよ。主任をせいぜい苦しめてやってください」

「そうしよう」

力丸は笑った。石戸が刑事部屋に戻り、強行犯係のブースに足を向けた。

一分ほど待つと、若槻刑事が仏頂面(ぶっちょうづら)で歩み寄ってきた。立ち止まるなり、開口一番に言った。

「署には来ないでくれよ」

「ずいぶん横柄な口をきくじゃないか。被疑者の妻を渋谷のホテルに呼び出して、部屋に連れ込みかけたことを刑事課長や署長に告げ口してもかまわないのかな？」

「そ、それだけはやめてくれ」

「命令口調か」

「お願いですから、告げ口なんかしないでください。小遣いが足りなくなったんですね？」

「おれを小悪党扱いする気なら、これから署長室に直行するぞ」

力丸は若槻を睨みつけた。

「用件を言ってくれ。いいえ、おっしゃってくれませんか」

「凶器のマカロフPbは、まだ見つからないのか？」

「はい、残念ながら」

「新たな目撃証言は？」

「それも得られてません」

「それじゃ、依然として捜査線上に容疑者は浮かんでないわけだな」

「ええ、そういうことになりますね」

「おたくらは税金泥棒だな。役に立たない刑事(デカ)ばかりじゃ、本庁の連中に馬鹿にされるぜ」

「…………」

「なんだよ、その目は？　怒りたけりゃ、吼(ほ)えろって」

「別段、怒ってなんかいませんん」

「そうかい。来たついでに言っとくか」

「何でしょう？」

「部下の石戸にあまり偉そうな口をきくな」

「わ、わかりました」

「どうせなら、石戸刑事に敬語を使ってやれ」

「それはできません。あいつは部下ですし、職階も低いんですから。職場で部下に敬語など使ったら、何か石戸に弱みを握られたと勘繰られてしまいます」

「弱みを握られたも同然なんだよ」

「石戸に例のことを喋ったのかっ。いいえ、話されてしまわれたのでしょうか？」

若槻が途中で言葉を改めた。半ば絶望的な顔つきだった。

「細かいことは喋らなかったが、あんたが悪徳警官だってことは石戸刑事に教えてやったよ」

「ああ、なんてことなんだ。わかりました。これから、石戸にはできるだけ敬語を使うよう努力します」

「そうしなよ」

力丸は笑いを堪えて、踵を返した。階段を駆け降り、外に出る。

エルグランドに乗り込んだ直後、建築家の帆足の護衛に当たっている村上伸吾から電話がかかってきた。

「主任、謎の脅迫者から依頼人に二度目の電話がありました」

「脅迫内容は？」

「明日の午後三時までに〝追加料金〟の一千万円を指定した口座に振り込まなければ、帆足さんの奥さんと娘を拉致して、土佐犬の檻の中に放り込むと言ったそうです。依頼人は、すっかり怯えきってます」

「家族を拉致するというのは、単なる威しだろう。依頼人にそう言って、落ち着きを取り戻させるんだ。いいな？」

「わかりました。ちょっと話が逸れますが、主任は裏仕事で動いてるとき、誰かに尾行されてる気配を感じたことはありませんか？」

「そう感じたことはないが、おまえはあるようだな」

「ええ、そうなんですよ。半年ぐらい前から素姓のわからない男たちに尾けられてるような気がしてたんです。尾行の仕方が巧みでしたから、捜査関係者なのかもしれません」

「この三年間、裏の仕事をするときはいつも慎重に行動してきたつもりだ。おれだけではなく、メンバー全員が常に細心の注意を払ってきた」

「ええ、そうですね。謎の尾行者たちが現職警官だとしたら、会社内にスパイがいるんだと思います」

「まさか⁉」

「内通者がわれわれメンバーの裏仕事のことをリークしてるんで、捜査当局は闇裁きの物証を押さえようと内偵を重ねてるんではないのかな。証拠を握られたら、社長、海老沢室長、われわれメンバー全員が一網打尽にされてしまう。そんなことになったら、われわれなりの〝正義〟は貫けなくなります」

「そうだな」

「悪は悪を以て制さなければ、紳士面した怪物どもがまたのさばって、真っ当に生きてる弱者たちを泣かすことになります。主任、社内に裏切り者がいたら、そいつの口を封じなければなりません」

「村上が言った通りなら、何か手を打つ必要があるな。室長に相談してみるよ。差し当たって、おまえは帆足雅士のガードに専念してくれ」

力丸はスマートフォンを耳から離し、長く息を吐いた。

3

陽が西に傾いた。

午後四時過ぎだった。力丸は、帆足設計事務所の見える日陰にたたずんでいた。エルグランドは後方の路上に駐めてある。

建築家のオフィスには、担当の村上がいるはずだ。結城一歩に揺さぶりをかけた翌日である。

帆足は脅迫者の命令を黙殺し、一千万円を指定された銀行口座に振り込まなかった。彼の妻子には念のため、都内のホテルに避難してもらっていた。

正体不明の脅迫者が命令に逆らった帆足に危害を加える恐れもあった。そんなわけで、力丸は午後二時過ぎから村上のバックアップを務めていた。

的場の告別式は午前中に終わっていた。遺骨は自宅にある時刻だった。

力丸は、また通行人を装って帆足の事務所の前を往きつ戻りつしはじめた。歩きながら、さりげなく周囲に目を配る。不審な人物は目に留まらない。

帆足と一緒に秘密上映会に出かけた他の四人に部下を張らせているわけではなかったが、特に異変は起こっていないようだ。何かあれば、被害に遭った者が建築家の帆足に連絡するにちがいない。

五往復し終えたとき、帆足設計事務所から村上が現われた。ごく自然な足取りで力丸に近づいてくる。

「例の脅迫者が何か言ってきたのか?」

力丸は先に口を開いた。

「いいえ、そうじゃありません。主任、怪しい人影は？」

「見かけなかったよ、一度も」

「それなら、主任が言ったように単なる威しだったんでしょう」

「ああ、多分な。しかし、まだ安心はできない。村上、気を緩めるなよ」

「はい」

「帆足に他の四人の誰かから電話は？」

「かかってきませんでした。その四人も〝追加料金〟の一千万円を振り込んでいないはずですが、脅迫者に危害を加えられた様子はありません。やはり、ただの威しだったんでしょうね」

「そう考えてもいいだろうな」

「帆足氏の奥さんと娘さんは、もうホテルを引き払ってもかまわないでしょう？」

「いや、大事をとろうじゃないか。予定通り、二人には今夜もホテルに泊まってもらうことにしよう」

「わかりました。主任、きのう電話で話した件ですが、室長はどう言ってました？」

「社内に捜査当局と通じてる者がいるとは思えないが、村上がそう言ってるんだったら、スパイ捜しをする必要があるだろうと……」

「そうですか。総務課長の宮下順三は用もないのに、ちょくちょく十階に上がってくるんですよ。そのことが前々から、ちょっと気になってたんです。ひょっとしたら、宮下課長は要人護衛室のメンバーの動きを探ってたんじゃないだろうか」

「村上、軽々にそういうことを言うんじゃない。別に何か根拠があるわけじゃないんだろう？」

「ええ、まあ。でも、宮下課長は半年ぐらい前から仕立てのよさそうな背広を着るようになりました。気づきませんでしたか？」

村上が問いかけてきた。

「言われてみると、確かにそうだな。しかし、宮下課長は実直な男性だ。何か臨時収入があったんだろう」

「そうなんですかね」

「むやみに他人を疑うのはよくない。おまえを尾行してた男たちは警察関係者なんだろうか」

「ほかに考えられる人間がいます？」

「もしかしたら、子会社の調査会社の者たちかもしれないな」

「えっ、どういうことなんです？」

「おれたちは救いようのない悪人どもの犯罪を暴いて、始末する前に銭を吐き出させてるよな？」

「ええ」

「極悪人どもから奪った金の額は、これまで自己申告だった。一部をくすねる気になれば、たやすく百万や二百万はネコババできる」

「社長や海老沢室長は、われわれメンバーを信用してないわけですか⁉」

「問題児ばかり集まってるんだ。社長も室長も基本的には、おれたちを信用してくれてるだろうが、出来心で悪さをする奴が出てくるかもしれないと思ってるんじゃないのかな」

「そうだとしたら、なんだか感じ悪いな。会社は、自分らを監察してるってことになるわけですから」

「そうなんだが、ま、仕方ないだろう。全員ってわけじゃないが、懲戒免職になったメンバーもいるんだから」

「そうなんですけどね。子会社に監察官みたいな奴がいるんだったら、少し気をつけないとな」

「村上、金をネコババしたことがあるのか？」

「ありませんよ、一度も」

「怒るなよ、冗談さ」

「別段、怒ってませんよ」

「そうか。おれは、これから平町(たいらまち)の的場宅の近くで張り込んでみる。そっちは帆足雅士のガードをしっかり頼む」

力丸は村上に言いおき、エルグランドに足を向けた。車に乗り込み、目黒区平町に向かう。

二十分弱で、目的地に着いた。エルグランドを的場宅の数軒手前の生垣(いけがき)に寄せる。

力丸は車の中から、的場邸の門を注視しはじめた。

『的場プロダクション』の土居専務が門から姿を見せたのは、午後五時過ぎだった。残照は弱々しいが、まだ明るい。

力丸は車を降り、大股で土居に歩み寄った。気配で、土居が振り返った。

「あなたでしたか」

「監督の遺骨は、ご自宅にあるんでしょ?」

「ええ。的場はもう骨壺(こつつぼ)に収まってしまったわけですが、まだ現実味がありません」

「そうでしょうね。『的場プロ』はどうなるんです?」

「未亡人は事務所を畳みたいようです。しかし、残務整理があるので、すぐオフィスを閉めるわけにはいきません」

「でしょうね。的場監督が次回作の主演に起用することになってた結城一歩は、未亡人の瑠美さんにかわいがられてたとか？」

「ええ。まるで自分の子供か、年の離れた弟の世話を焼くような感じでしたよ」

「それなら、結城一歩は監督夫人の言いなりだったんだろうな」

「結城は、奥さんには従順そのものですよ。ビッグチャンスを与えてくれた恩人ですからね。監督がこんなことになって、彼は落胆してるだろうな」

「当然、彼は的場さんの通夜と告別式には列席したんでしょ？」

「通夜には顔を出しましたが、きょうの告別式には来ませんでした。現金な奴です。的場が亡くなったんで、もう未亡人に義理立てすることはないと考えたんだろうな」

　土居が言った。

「そうなんでしょうかね。結城一歩は、代官山の古着ショップで何年も働いてるんですか？」

「二年弱だと思います。その前は、確か新宿の映画関係者が多く集まる酒場でバーテンダーをしてたんですよ。バーテンダーをやる前は、神田にあるプロレスグッズの店でアルバイトをしてたって話だったな」

「プロレスグッズの店ですか」

　力丸は呟いた。その種の店では、各種のマスクが売られている。タイガーマスクも販売されているのではないだろうか。

「プロレスグッズの店で働いてたことが何か?」

「土居専務にはショックな話でしょうが、やっぱり的場監督はスナッフ・ムービーを撮って入場料五十万円の秘密上映会を催してたんですよ」

「嘘でしょ⁉」

「いいえ、ほぼ間違いないですね」

「そのスナッフ・ムービーは見つかったんですか?」

「まだ見つかってないんですよ。しかし、これまでの調べによると、元AV女優を日本刀で斬り殺した男はタイガーマスクで顔面を隠してたようなんです」

「キャメラの前で女を斬り殺したのは、結城一歩かもしれないとおっしゃるんですね?」

「その疑いはゼロではないと思います。結城一歩は次回作の主役に起用されることになってたわけですから、監督の頼みは断れなかったんでしょう」

「しかし、あなた、殺人ですよ。そうやすやすと人殺しなんか引き受けないでしょ?」

土居が異論を唱えた。

「ビッグチャンスを逃したら、結城一歩は俳優で成功できるかどうかわからない。野心があれば、人殺しもやってしまうんじゃないのかな」

「でもね、うーん。的場は早く五億以上の借金をきれいにしたくて、そんな危ない映画を撮ったんだろうか」

「多分、そうなんでしょう。監督は法外な入場料を客から取ったばかりじゃなく、恐喝も働いていてたんですよ」

力丸は、帆足たち五人が二千万円ずつ脅し取られた話をした。

「的場は、そこまでやってしまったのか。そうなら、結城が的場を誰かに射殺させてスナッフ・ムービーの原盤を盗んだんだろうか。待てよ。彼には、殺し屋（プロ）を雇う金なんかないはずだ」

「殺しの報酬は、瑠美夫人が都合つけたとは考えられませんか？」

「そ、そんなことは……」

「ないとは言い切れないでしょ？　未亡人は監督の女癖に呆（あき）れ返ってたでしょうし、およそ五億三千万の負債を夫が抱えてることで見切りをつける気になったのかもしれませんよ」

「だけど、奥さんが的場を亡（な）き者にしても何もメリットはないでしょ？」

「奥さんはスナッフ・ムービーを観（み）た客たちから口止め料をせしめる気になったんじゃないだろうか。すでに結城一歩と共謀して、何千万円か脅し取ってるとも考えられるな」

「そうだったとしたら、目をつぶるわけにはいきません。わたし、これから警察に行きます」

「土居さん、それは待ってください。まだ確証を摑んだわけじゃないんです。下手したら、人権問題になりかねませんから」

「そうか、そうだね」

「立件できる証拠が揃ったら、こっちが昔の上司に何もかも話しますよ。あなたが監督の未亡人を告発する形になったら、何かと都合が悪いでしょ？」

「ま、そうですね」

「後のことは、こっちに任せてください。それから、こっちが喋ったことは当分、他言しないでほしいんです」

「わかりました。よろしくお願いします」

　土居が暗い表情で言って、ゆっくりと遠ざかっていった。

　力丸はエルグランドの中に戻って、的場宅の門に目を向けつづけた。弔い客が三々五々、監督宅を辞去し、最寄りの私鉄駅のある方向に歩み去った。

　海老沢室長から電話があったのは午後七時過ぎだった。

　力丸は必要な報告をしてから、村上が宮下総務課長を警察の内通者かもしれないと口走ったことを伝えた。

「確かに宮下課長は昔と較べると、服に金をかけるようになったね。しかし、何か後ろ暗いことをして、汚れた金で背広を仕立ててるんじゃないだろう」

「親の遺産でも転がり込んできたんでしょうか」

「そういう話は聞いてないな。娘さんたちに五十を過ぎたら、身だしなみに気を配らないと、周りの人たちに軽く見られるからと言われたらしいんだ。それで、宮下君はスーツや靴に少し金をかけるようになっただけなんだろう」

「そういうことなら、話はわかりますね。一般的に中高年になると、男も女も服装に無頓着になってしまう傾向があります。総務課長の娘さんたちは、父親にいつまでも若々しくいてもらいたいと思って、そういうアドバイスというか、苦言を呈したんですかね」

「そうなんだろうな。他人にそんなことを言われたら、まず不愉快になる。しかし、家族の助言には腹が立たないもんだ」

「ええ、そうでしょうね」

「話が脱線してしまったが、きみの読み筋通りだとしたら、未亡人の瑠美と結城一歩はそのうち接触しそうだな」

「わたしも、そう睨んでるんですよ。しばらく的場邸に張りついてみます」

「わかった。何か動きがあったら、すぐ連絡してくれ」

「了解！」

力丸は通話を切り上げ、セブンスターに火を点けた。

未亡人が自宅から出てきたのは午後九時過ぎだった。着飾っていた。化粧も派手めだった。瑠美は閑静な邸宅街を足早に進み、目黒通りでタクシーを拾った。力丸は、瑠美を乗せたタクシーを慎重に尾けはじめた。

タクシーはＪＲ目黒駅方向に走り、白金台にある老舗ホテルの玄関前に横づけされた。部屋数は百室そこそこだが、伝統のあるシティホテルだ。日本庭園が素晴らしいことで知られている。

力丸は車をホテルの斜め前の路上に駐め、館内に走り入った。

瑠美はフロントの前にいた。力丸はエントランスロビーにあるソファに腰かけ、フロントをうかがった。

瑠美は部屋のカードキーを受け取ると、エレベーター乗り場に向かった。力丸は少し間を取ってから、エレベーターホールに移った。

瑠美の姿は掻き消えていた。階数表示ランプを見上げる。上昇中の函は九階で停止した。エレベーターの利用客は瑠美だろう。

力丸は別のケージで九階に上がった。

歩廊は無人だった。瑠美はどこかの部屋にいるにちがいない。力丸はエレベーターホール近くの物陰に身を潜めた。

十五分ほど過ぎたころ、一階からエレベーターが上昇してきた。

ケージから降りたのは結城一歩だった。軽装だ。サングラスを右手に持っている。結城が九〇六号室のドアフォンを鳴らす。ドアはすぐに開けられたが、瑠美の姿は確認できなかった。

結城が室内に消えた。

力丸は防犯カメラの位置を確かめた。エレベーターホールと歩廊に一台ずつ設置されている。力丸は変装用の黒縁眼鏡(くろぶちめがね)をかけてから、九〇六号室に接近した。レンズに度は入っていない。視力は両眼とも一・二だった。

力丸は防犯カメラに背を向け、九〇六号室のドアに耳を押し当てた。

「あなた、いま、なんて言ったの？」

瑠美の声だ。

「何度でも言ってやる。四十過ぎのおばさんなんか、百億円積まれたって、抱く気はない。そう言ったんだよ」

「結城君、次回作の主役にあなたを起用するよう夫に強く推(お)したのはわたしなのよ。そのときの恩を忘れたのっ」

「監督が殺されちゃったんだから、次回作もへったくれもねえだろうが！　おれは監督に言われるままにスナッフ・ムービーに出て、白鳥玲華を日本刀で叩き斬っちまったんだ。あんたの旦那が秘密上映会に行った帆足たち五人から脅し取った一億円、そっくり貰いたいね。あの五人に一千万円ずつ〝追加料金〟を出せって電話で脅迫したけど、もう誰も金は振り込んでこないだろう」

「もう一度、強く脅してみて。そうすれば、五人とも一千万円ずつ振り込んでくるわよ。帆足たちが〝追加料金〟をどうしても払わなかったら、ほかの客たちから口止め料を貰いましょう。わたしは、的場が残した客のリストを持ってるんだから」

「奥さん、ひとりでやりなよ。おれは、もう降りる。一億円が振り込まれた通帳と銀行印は自宅にあるんだろ？　一緒に平町の家に戻ってもらうぜ」

「まだ分け前は上げられないわ。スナッフ・ムービーを観た連中から、最低三億円は脅し取りましょうよ。そうしたら、結城君に五千万上げる」

「おれの取り分が五千万円ぽっちだって⁉　ふざけんじゃねえ。おれは、なんの恨みもない元AV女優を殺っちまったんだぞ」

「わたしに協力しなかったら、そのことを警察にバラすわよ」

「本気なのか⁉」

「もちろん、本気よ。結城君はわたしに逆らえないの。向こう十年間は、わたしの下僕になりなさい。いいわねっ」

「こ、殺してやる！」

　結城が瑠美に組みつく気配が伝わってきた。二人が揉み合う音が響き、瑠美が大声で救いを求めた。

結城は焦ったようだ。乱れた足音が聞こえ、部屋のドアが勢いよく開けられた。

結城が立ち竦んだ。

「あっ、あんたは……」

結城が仰向けに倒れた。力丸は入室し、後ろ手にドアを閉めた。眼鏡を外す。

力丸は、結城の顔面に右のストレートパンチを見舞った。確かな手応えがあった。

ツインベッドルームだった。瑠美は、手前のベッドのそばで坐り込んでいた。

「二人で共謀して、的場監督を殺し屋に始末させたんだな？」

力丸は瑠美に顔を向けた。

「それは違う、違うわ。わたしたちは的場の事件にはタッチしてないの。わたしは夫が結城君を使って撮ったスナッフ・ムービーでひと儲けしたことを知って、便乗しようとしただけよ。ね、結城君？」

「奥さんの言った通りだよ。おれたちは、こないだの射殺事件には関わってない。嘘じゃないんだ。おれは元ＡＶ女優を殺しちまったけど、監督もガードマンも誰にも殺らせちゃいない」

結城の言葉に、瑠美の声が重なった。

「本当なんですよ」

「スナッフ・ムービーの原盤はどこにある？」

「自宅にはないの。的場がどこかに隠したのよ。愛人宅にこっそり隠してあるのかもしれないわ」

「立て」

力丸は結城に命じた。

結城が立ち上がった。次の瞬間、彼は瑠美の背後に回り込んだ。その右手には、両刃のダガーナイフが握られていた。動きは驚くほど早かった。

「じっとしてないと、奥さんの頸動脈を掻っ切るぞ」

結城が喚いて、ナイフの刃を瑠美の首筋に密着させた。刃渡りは十四、五センチだった。

瑠美が喉の奥で呻いた。眼球は恐怖で大きく盛り上がっている。唇も小さく震えていた。

「ばかな真似はよせ！」

力丸は結城に言い諭した。結城が鼻で笑い、瑠美を荒々しく立ち上がらせた。

「この女を殺されたくなかったら、部屋の奥まで行って、床に這え！　ライティング・ビューローの下に腹這いになるんだ」

「結城、少し落ち着け」

「いいから、言われた通りにしろっ」

「お願い、結城君に逆らわないで」

瑠美が涙声で訴えた。

やむなく力丸は命令に従った。床に腹這いになったとき、結城が瑠美を部屋から引きずり出した。

力丸は立ち上がった。

出入口に走る。廊下に飛び出すと、警報ブザーが鳴り響いていた。

エレベーターホールの反対側に非常口がある。アラームのランプが明滅していた。

結城は刃物で瑠美を脅しながら、非常階段を下っているにちがいない。力丸は非常口まで一気に駆けた。

非常扉のロックは解除されている。

力丸は非常階段の踊り場に出た。目を凝らす。六階と七階の間に二つの人影が見えた。結城と瑠美だった。

力丸は階段を駆け降りはじめた。

追っ手に気づいた結城が六階の踊り場から、瑠美を投げ落とした。悲鳴が尾を曳き、鈍い落下音が聞こえた。

「なんてことをしやがったんだっ」

力丸は怒声を放ち、懸命に結城を追った。

結城がステップを踏み外し、四階の階段から転げ落ちた。

ダガーナイフが宙を舞う。結城の体は大きくバウンドし、手摺の向こう側に跳んだ。

そのまま地面に叩きつけられた。

力丸は一階まで下り、まず瑠美に走り寄った。

首が奇妙な形に捩曲がり、右脚も折れていた。呼びかけても、返事はなかった。すでに縡切れているのだろう。

力丸は結城に駆け寄った。

結城はくの字に倒れ、頭から血を流している。落下時に頭部を固い物にまともにぶつけてしまったようだ。やはり、呼吸はしていない。

泊まり客やホテルマンに姿を見られたら、面倒なことになるだろう。力丸は暗がりを選びながら、ホテルから中腰で遠ざかりはじめた。

4

寝呆けているのか。

それとも、幻聴だったのだろうか。力丸は目を擦って、テレビの画面を見つめた。

池尻大橋にある自宅マンションのリビングだ。的場瑠美と結城一歩が死んだ翌朝である。八時を回っていた。

「繰り返しお伝えします。先日、港区内で射殺された映画監督の的場譲二さんの自宅が昨夜、何者かに放火されて全焼しました」

男性テレビ記者の顔が画面から消え、火災現場が映し出された。

屋根は焼け落ち、黒焦げの梁（はり）や柱が何本か残っている。庭木も焼け、枝葉（えだは）は茶色っぽくなっていた。

画面が切り換わった。ふたたびテレビ記者の姿がアップになった。三十六、七歳だろうか。丸顔で、小太りだった。

「出火時、家屋の中には誰もいなかったようです。監督の妻の瑠美さんは前夜、港区白金台の東都（とうと）ホテルの非常階段の六階付近から何者かに投げ落とされ、死亡しています。瑠美さんの近くで発見された衣料品店店員の結城一歩さん、二十七歳も非常階段から転落して亡くなった模様です。二人は部屋に押し入った男に追われ、非常階段から脱出したと思われます。瑠美さんが亡くなられた数時間後に監督宅が放火されていることから、警察は二つの事件は関連性があるという見方を強めています。そのほか詳しいことはわかっていません」

カメラがスタジオに切り換えられた。女性アナウンサーが首都高速道路で起こった多重事故のニュースを報じはじめた。

力丸は遠隔操作器（リモート・コントローラー）を使って、テレビの電源を切った。セブンスターをくわえ、使い捨てライターで火を点ける。

放火犯は家捜ししてもスナッフ・ムービーのマスターフィルムが見つからなかったので、監督宅に火を放ったのだろう。的場は違法映画を一巻もリプリントしていなかったにちがいない。

スナッフ・ムービーは焼かれてしまったのか。未亡人の瑠美は、自宅には殺人実写映画の原盤はないと言っていた。多分、そうなのだろう。

ならば、スナッフ・ムービーの原盤はどこかに隠されているにちがいない。愛人の重松絵里奈の自宅か、『的場プロダクション』の事務所のどこかに保管されているのだろうか。

的場はそこまで考え、素朴な疑問を覚えた。

監督宅に火を放った犯人は、なぜスナッフ・ムービーの原盤を焼却したがったのか。元ＡＶ女優の白鳥玲華を斬殺した結城一歩がそうしたいと考えたのなら、すんなりと胸に落ちる。

しかし、結城は出火前に死んでしまった。彼が放火犯でないことは間違いない。

放火犯は、金儲けの材料になるスナッフ・ムービーの生フィルムをどうして焼却したがったのか。もしかしたら、家屋ごと焼き払いたかったのは殺人実写映画の原盤ではなかったのかもしれない。

推測が間違っていなかったら、射殺された的場監督は何か犯罪の証拠を摑みかけていたのではないだろうか。

あるいは、すでに証拠を握っていたのかもしれない。そのため、映画監督は護衛の香取ともども頭部をマカロフＰｂで撃ち抜かれてしまったのか。

力丸は短くなった煙草の火を消した。

ほとんど同時に、海老沢室長から電話がかかってきた。力丸は前夜の出来事は、すでに室長に電話で伝えてあった。

「的場監督の自宅が何者かに放火され、全焼した。もう知ってるかもしれないな」

「少し前にテレビのニュースで知りました」

「そうか。火を放った奴の狙いは、家ごと例のスナッフ・ムービーの原盤を灰にすることだったんだろうな」

海老沢が言った。

「わたしも反射的にそう思ったんですよ。しかし、そうじゃないのかもしれません」

「別の動機があって、放火したのではないかってことだね」

「そうです」

力丸は自分の推測を語った。

「そういう筋の読み方もできるな。的場監督は五億以上の借金を抱えてたんで、スナッフ・ムービーを観(み)た帆足たち五人から総額一億円を事実上、脅し取ってる。出世払いで借りるという言い方をしたようだが、れっきとした恐喝だ」

「ええ、そうですね」

「的場監督が開き直って、五人以外の観客たちからも〝追加料金〟をせしめてたとも考えられる」

「おそらく、そうだったんでしょう。だから、的場が何か犯罪の事実を突きとめて、相手を強請(ゆす)ってた可能性は充分にあると思います」

「ああ、そうだね。奥さんはもう故人だから探(さぐ)りを入れられなくなってしまったが、土居専務や愛人の重松絵里奈あたりにそのへんのことを訊いてみてくれないか」

「わかりました」

「その前に一度、会社に顔を出してほしいんだ。作戦を練り直す必要がありそうだからな」

室長がそう言い、先に電話を切った。

力丸はスマートフォンを卓上に置くと、洗面所に向かった。手早く髭(ひげ)を剃り、髪をブラシで梳(す)き上げた。

シンクに凭れて、ベーグルを齧る。力丸は紙パックの牛乳を直に飲み、身仕度に取りかかった。それから部屋を出て、池尻大橋駅に急ぐ。田園都市線とＪＲを乗り継いで出社したのは九時過ぎだった。

十階の要人護衛室には、雨宮真衣しかいなかった。

「室長は奥にいるんだな？」

力丸は室長室を指さした。

「いますけど、来客中です」

「こんな早い時刻にガードの依頼か。表の仕事も相変わらず忙しいな」

「訪ねてきたのは的場監督の彼女なの。手提げ袋を重そうに持ってたから、自宅マンションのどこかに例のスナッフ・ムービーの原盤があったのかもしれませんよ」

真衣が言った。

「そうなんだろうか」

「重松絵里奈さんはきのうの夜、監督宅が放火されたんで、自分の家のどこかに彼氏がスナッフ・ムービーの原盤をこっそり隠したのかもしれないと考えて、家じゅうを探し回ったんじゃありませんかね」

「そして、スナッフ・ムービーの実写フィルムを見つけた？」

「多分、そうなんでしょう。しかし、違法映画なので、警察には行けない。それで、的場さんの身辺警護をしてた要人護衛室に相談に来たんだと思いますよ」

「そうなのかな」

力丸は真衣に言って、室長室に足を向けた。ドアをノックし、大声で名乗る。

「入ってくれ」

海老沢がドア越しに応答した。

力丸は室長室に入った。海老沢と絵里奈がソファに腰かけ、何か話し込んでいた。

力丸は絵里奈に会釈し、室長のかたわらに坐った。

「重松さんの自宅の物入れの奥に一巻のフィルムがあったらしいんだ。パトローネフィルム容器のラベルには何も記されてないんだが、例の映像の原盤かもしれないから、ちょっと調べてほしいとおっしゃるんだよ」

海老沢が説明した。力丸はうなずき、重松絵里奈に話しかけた。

「昨夜、監督の自宅が何者かに放火されたんで、あなたは自分の家のどこかに問題のフィルムがあるかもしれないと思ったんですね？」

「ええ、そうなんです。もし殺人実写映画だとしても、警察には何も言わないでくださいね。映像を確認したら、すぐに処分してほしいんです。彼の名誉を穢すのは忍びないので……」

「わかりました。放火犯の狙いは、スナッフ・ムービーじゃなかったのかもしれないんですよ」

「えっ、話がよく呑み込めません。どういうことなのでしょう？」

絵里奈が問い返してきた。力丸は、推測したことを手短に語った。

「監督はどんな犯罪を嗅ぎ当てたのかしら」

「的場さんは、そのことで何か洩らしてませんでしたか？」

「いいえ、何も」

「そうですか」

「くどいようですが、わたしが見つけたフィルムのことは警察の方には内緒にしておいてくださいね。お願いします。それでは、これで失礼します」

絵里奈が立ち上がって、室長室から出ていった。卓上には、パトローネの入った手提げ袋が置かれている。

「早速、映像をチェックしてみよう」

海老沢が腰を浮かせ、手提げ袋を持ち上げた。力丸も立った。

二人は会議室に移った。力丸はスクリーンを垂らし、映写機にフィルムをセットした。窓を暗幕で塞ぎ、フィルムを回しはじめる。

唐突に全裸の女が映し出された。元ＡＶ女優の白鳥玲華だろう。女の両足首には鎖付きの鉄球が括りつけられている。片方だけでも、重さは三キロ以上ありそうだ。

「お願いやから、殺さんといて」

女は泣きながら、タイガーマスクを被った男に哀願している。体つきで、結城一歩とわかる。結城は日本刀を提げていた。切っ先が赤い。血だった。

女の裸身をよく見ると、刃先で突かれた傷が五、六カ所あった。

結城が無言で顎をしゃくった。女が鉄の塊を引きずりながら、懸命に逃げようとする。しかし、いくらも前に進めない。彼女は泣き喚きながら、小水を漏らしはじめた。

結城は切っ先で女の背や尻を突きながら、執拗に追い回しつづけた。それから、不意に片腕を斬り落とした。

裸の女は鮮血を垂らし、横倒しに転がった。結城は女のかたわらに片膝を落とし、上段から刀身を幾度か振り下ろした。片方の脚が切り落とされた。刃毀れしたにちがいない。

女が目を剝き、のたうち回りはじめた。

全身を痙攣させていたが、やがて動かなくなった。

結城が女を抱き上げる。木製の椅子に腰かけさせ、針金で上体を縛りつけた。女の首は、やや垂れていた。

結城が椅子の後ろに回り込み、血塗れの日本刀を右斜め中段に構えた。タイガーマスクの男は気合を発し、刀身を水平に薙いだ。

椅子が揺れた。女の首が刎ねられ、コンクリートの床に落ちた。下げられた刀身の先から、血の雫が雨垂れのように滴りはじめた。

「もういい。止めてくれ」

海老沢が顔をしかめ、不愉そうに言った。力丸はリールを停止させ、フィルムを巻き戻しはじめた。

「的場も結城一歩も、まともじゃない。クレージーだよ」

「室長のおっしゃる通りですね。的場が誰に殺されようと知ったこっちゃないという気持ちです。しかし、それでは巻き添えを喰って撃ち殺された香取が浮かばれません」

「ああ、そうだな。的場が誰の犯罪を嗅ぎ当てたのか調べ上げて、そいつを断罪しよう」

「もちろん、そのつもりです」

「力丸の推測にケチをつけるつもりはないんだが、放火犯がスナッフ・ムービーの原盤焼却を目論んではなかったと結論づけるのは早い気がするんだよ。殺人実写を観た者が恐喝材料を灰にしたかったのかもしれないからな」

「ええ、そうですね。放火した奴に罠を仕掛けてみましょう」

「どんな手を使う気だ？」

「ネットの闇サイトにスナッフ・ムービーの原盤を譲りたしと書き込んで、反応を見てみましょうよ。きのうの夜、的場邸に火を放った奴が引っかかってくるかもしれませんから」

「よし、その手でいこう」

「わかりました」

「重松さんが発見したフィルムは一連の事件に片がつくまで、われわれが預かることにしよう」

室長が言った。

力丸は暗幕を横に払った。スクリーンを巻き揚げ、映写機を片づける。パトローネに納めた殺人実写フィルムを海老沢に預け、力丸は要人護衛室に戻った。

元公安調査官の串田隼人が真衣と雑談を交わしていた。力丸は二人に経緯を話し、串田にネットの闇サイトに書き込みをさせた。

それから間もなく、笠玲太が出社した。力丸は、元陸自のレンジャー隊員にも経過を伝えた。

「無駄になるかもしれないが、罠を仕掛けてみる必要はあると思います。室長が言ったように放火した奴はスナッフ・ムービーの原盤を灰にしたかっただけだったとも考えられますからね。放火犯は的場がフィルムをリプリントしてたと判断して、すぐ罠に引っかかってくるかもしれませんよ。ひょっとしたら、そいつが的場にたかられつづけることを恐れて、射殺したのかもしれないな」

「その可能性は確かにゼロじゃないだろう」

「さて、結果はどうなるか」

笠が自席に着いた。

力丸も自分の席に着いた。〝シネマ・フリーク〟というハンドルネームを使った人物が串田に接触してきたのは正午過ぎだった。

力丸は、串田に先方とメールの遣り取りをさせた。その結果、今夕六時に横浜の山下公園の中央出入口の前で〝シネマ・フリーク〟と会うことになった。先方は殺人実写なら、リプリント版でも千五百万円で買いたいと申し出てきた。

力丸はレンジャー隊員崩れの笠と横浜に出向くことにし、二人で作戦を練った。

会社を出たのは、ちょうど四時だった。笠の運転するスカイラインで横浜に向かう。約束の時間よりも二十分以上も早く山下公園に着いた。

力丸は笠を中央出入口の近くで待機させ、園内のベンチに腰かけた。六時数分前に待ち合わせの場所に行くと、組員風の男が待っていた。三十四、五歳だろうか。

「〝シネマ・フリーク〟さんですね？　わたし、〝バガボンド〟です」

力丸は話しかけた。

「本物(モノホン)のスナッフ・ムービーだろうな？」

「もちろんですよ。しかも、あの的場譲二がこっそり撮った映像なんです。売り急いでなきゃ、二千万か三千万でも買い手がついたと思うな」

「少しぐらい色をつけてもいいよ、迫力のある殺人実写映画ならな。抱えてるビニール袋の中に入ってるんだろ、品物(ブツ)はさ」

男が確かめた。

力丸は顎を引いた。ビニール袋の中にはパトローネが納まっていたが、中身は洗剤の粉だった。

「おれ、堅気(ネス)じゃねえんだよ。おたく、いい度胸してんな。おれに違法映画を売りつけようとしたんだからさ。警察に突き出されたくなかったら、そいつを寄越(よこ)しな」

「いやですよ」

「てめえ、短刀(ヤッパ)で刺されてえのかっ」

「わたし、帰ります。このフィルムは売らないことにしました」

力丸はもっともらしく怯(おび)えた表情を作り、ビニール袋を強く抱え込んだ。

そのとき、男が力丸の向こう臑(ずね)を蹴った。力丸は、わざと躱(かわ)さなかった。

腰を沈めると、相手がビニール袋を引ったくった。近くに待たせてある灰色のベンツの助手席に乗り込み、子分らしいドライバーを急(せ)かした。

ベンツが急発進する。

力丸は慌てなかった。段取り通り、笠がスカイラインでベンツを追尾しはじめた。

力丸はガードレールに腰かけ、スカイラインが戻ってくるのを待った。

笠は二十分ほどで引き返してきた。力丸はスカイラインの助手席に乗り込んだ。

「男の正体は？」

「伊勢佐木町一帯を縄張りにしてる港睦会の構成員でした。名前まではわかりませんでしたけど、本部事務所にいます」

「そこに行ってくれ」

「了解！」

笠がスカイラインを走らせはじめた。十数分で、港睦会本部ビルに着いた。

張り込んで一時間も経たないうちに、ビニール袋を奪った男が表に出てきた。車道を横切り、向かいのビリヤード店に入っていく。

力丸たち二人は車を降り、同じ店に躍り込んだ。

男はキューを握り、スリークッションに興じかけていた。ほかには五十代後半の店主がいるきりだ。

「てめえ、おれを騙しやがったな。パトローネには洗剤しか入ってなかったじゃねえかっ」

「なんでスナッフ・ムービーの原盤を欲しがったんだ？　そいつを教えてもらおうか」

力丸は男に歩み寄った。

「権藤さん、若い衆を呼びましょうか？」

店主が男に声をかけた。男がうなずく。

笠が店主に組みつき、一瞬のうちに捩伏せた。両肩と顎の関節を外す。店主が唸りながら、体を左右に振りはじめた。

「てめえら、どこの者でえ」

権藤と呼ばれた男が懐から、護身用のデリンジャーを取り出した。水平式の超小型拳銃だ。レミントンの特殊ピストルだろう。

力丸はステップインして、強烈なボディーブロウを放った。すぐにデリンジャーを奪い取る。

権藤が体を二つに折り、膝から崩れた。

力丸は権藤を押し倒した。

権藤が後方に引っくり返る。仰向けだった。

力丸はビリヤードテーブルから白球を掴み上げ、権藤の口の中に押し込んだ。権藤が目を白黒させて、喉を軋ませた。

笠が近づいてくるなり、権藤の側頭部を蹴りつけた。鋭い蹴りだった。権藤が体を丸めて、転げ回った。

「一度、死んでみるか？」

力丸は屈み込んで、デリンジャーの銃口を権藤のこめかみに押し当てた。

権藤が全身を硬直させた。

数秒後、股間が濡れはじめた。恐怖から尿失禁したことは明らかだ。

「ヤー公なら、もう少し虚勢を張れよ。どうしてスナッフ・ムービーの生フィルムを手に入れたかったのか喋る気になったか。え？」

「…………」

「手球を吐き出せ！」

力丸は言った。権藤が白球を吐き出し、大きく息を洩らした。

「秘密上映会に顔を出して、監督に入場料の〝追加料金〟を要求されたのか？」

「え？」

「そうじゃないようだな。スナッフ・ムービーの原盤を手に入れたら、大量にＤＶＤ化してボロ儲けしたかっただけらしいな」

「そうだよ」

「無駄骨を折らせやがって」

笠が舌打ちし、またもや権藤の側頭部に蹴りを入れた。権藤が四肢を縮め、長く唸った。

「引き揚げよう」

力丸はデリンジャーを店の隅に投げ放った。

弾みで、一発だけ暴発した。権藤が転がって、ビリヤードテーブルの陰に逃れた。

「弱っちいから、やくざになったんだろう」

力丸は笠に言って、先に店の外に出た。

第四章　惨(むご)い弱者狩り

1

沈黙が長い。

力丸は、『的場プロダクション』の近くにある喫茶店で土居専務と向かい合っていた。横浜に出かけた翌日の午後二時過ぎだ。

「的場がスナッフ・ムービーを撮って、秘密上映会で儲けていたなんて、とても信じられません」

やっと土居が口を開いた。

「そうでしょうね。しかし、それは事実だったんですよ」

「重松宅にあったという殺人実写映画は、どうされたんです？」

「もう焼却しました」

力丸は平然と嘘をついた。

「そうですか。ご配慮に感謝します。ありがとうございました。的場も的場ですが、結城一歩もどうかしてるな。いくら次回作の主役になりたかったからって、的場に言われるままに日本刀で元AV女優を斬殺してしまうなんて」

「そうですね。野望だけが募(つの)って、理性が働かなくなってしまったんでしょう」

「ええ、そうなんだろうな。的場は違法映画をこっそりと観た連中から法外な入場料と口止め料をせしめたことで、恨みを買ってしまったわけか。それで、殺されることになったんでしょ?」

「わたしもそう思ってたんですが、そうではなかったみたいなんですよ。的場監督は何か犯罪の証拠を握ったため、命を奪われてしまったようなんです」

「えっ、そうなんですか⁉」

「ほぼ間違いないでしょう。土居さん、何か思い当たりませんか?」

「特に何も……」

「監督が映画以外のことで動いてたなんてことはありませんでした?」

「それはあります。的場は東洋テレビの依頼で初のドキュメンタリー映像を撮ることになって、春先から準備に取りかかってたんですよ」

「どんなドキュメンタリー番組を手がけることになってたんです?」

「秋に放映予定だった番組のタイトルは、『東京漂流民物語』でした。要するに、不況で生活苦に喘いでる人々の生活スケッチですね。的場は、シングルマザーたちが生活保護費の受給を次々に辞退してるって話を番組のチーフプロデューサーから聞いて、単独取材をはじめてたんですよ」

「その取材中に的場監督は、知ってはならないことを知ってしまったのかもしれないな。それで、殺害されたんでしょう。ちょっと調べてみますよ。チーフプロデューサーのお名前は？」

「俵充です。ドキュメンタリー番組を多く手がけた元ディレクターで、いまは制作局の局次長を務めてるんですよ。五十代の半ばのはずですが、とても若々しいんですよ。万年青年といった感じだな」

「そうですか」

「局に行かれるなら、わたしが予め力丸さんのことを電話で俵プロデューサーに伝えておきましょう」

　土居が言った。

「そうしていただけると、ありがたいな」

「わかりました。後で俵さんに連絡しておきます」

「よろしくお願いします。監督夫人が亡くなられて、的場邸も放火されてしまった。後始末で土居さんも大変ですね」

「的場とは三十年来のつき合いでしたから、やれることはやってあげるつもりです」

「そうですか。ご協力、ありがとうございました」

力丸は卓上の伝票を抓み、レジに向かった。

勘定を払い、路上に駐めてあるエルグランドに乗り込む。力丸はすぐに赤坂の東洋テレビをめざした。二十分弱で、テレビ局に着いた。

力丸は車を局の駐車場に置き、一階ロビーに回った。受付カウンターに向かっていると、女性に呼びとめられた。その声には聞き覚えがあった。

力丸は立ち止まって、振り返った。ニュースキャスターの露木亜弥がにこやかな表情で歩み寄ってくる。

「また会えて嬉しいわ。わたしたち、やっぱり縁があるみたいね」

「そうなのかな。その後、行動右翼が不穏な動きは見せてない？」

「ええ、大丈夫よ。でも、怪しい男に狙われたほうがいいのかもしれないわ。そうすれば、また力丸さんに身辺警護をお願いできるから」

「どう答えればいいのか」

「そんな深刻な顔をしないで。ところで、きょうはどんな用事があって、東洋テレビに来たの？」

「制作局の俵次長を訪ねるつもりだったんだ」

力丸は用件に触(ふ)れた。

「的場監督がうちの局で初めてドキュメンタリー番組を手がけることは、わたしも知ってたわ。それでビデオ編集が終わったら、わたしの番組で『東京漂流民物語』の前宣伝をすることになってたのよ」

「それじゃ、的場譲二が生活保護費の受給を自ら断ったシングルマザーたちを独自に取材してたことも聞いて知ってたんだね？」

「ええ。その話は、チーフディレクターから聞いてたわ。だから、的場監督が解体直前の古いビルの中で射殺された事件を知ったとき、単独取材をしてて、的場さんは何か犯罪を知ってしまったんだろうと直感したの」

「こっちもそんな気がしたんで、番組のチーフプロデューサーに会ってみようと思ったんだ」

「俵次長やチーフディレクターの刈谷佑貴(かりやゆうき)とは親しくしてるから、わたしが制作局に案内するわ」

「それは助かるが、そんな時間あるの？　きみは人気ニュースキャスターだから、分刻みで動いてるだろう？」

「力丸さんの力になりたいの。だって、わたしたちは他人じゃないんだから。さ、行きましょう」

亜弥がいたずらっぽくウインクし、先に歩きだした。力丸は亜弥の後に従った。

制作局は三階にあった。亜弥が俵次長と刈谷ディレクターに声をかけた。

刈谷は四十歳前後だった。俵チーフプロデューサーは、とても五十六歳には見えなかった。

「『的場プロ』の土居専務から、あなたのことはうかがいました」

「そうですか。初めまして」

力丸は名乗って、まず俵と名刺を交換した。刈谷とも名刺の遣り取りをする。

「こちらで話をしましょう」

チーフプロデューサーに導かれ、力丸はソファセットに歩を進めた。亜弥と並んで坐る。力丸の正面に俵が腰かけ、刈谷がその横に並んだ。

「わたし、力丸さんにガードをお願いしたことがあるんですよ。暴漢に襲われたとき、あっという間に取り押さえてくれたの。そのときの力丸さんは、アクション映画のヒーローみたいだったわ」

亜弥が俵に言った。

「それで、力丸さんに惚れちゃったようだな」

「えっ、わかっちゃいます?」

「わかるさ。小娘みたいにうきうきしてるから」

「でも、わたし、フラれちゃったんですよ。ちょっと生意気な男性でしょ？」

「しかし、憎めないいんじゃないのか？」

「ええ、そうなんですよ」

「本題に入らせてもらってもいいかな」

力丸は亜弥の無駄話を遮った。亜弥が肩を竦める。

「的場監督は、生活保護費を返上した三人のシングルマザーに会ってるはずです。その彼女たちは子供がまだ一、二歳児なんで、仕事には就けないいんですよ。で、生活保護費で暮らしてたんです」

俵が言った。

「受給を辞退した理由はわかります？」

「ええ。三人とも行きつけのスーパーで万引き犯に仕立てられ、やくざっぽい男に生活保護費の受給を辞退するという誓約書を取られたらしいんです。署名しなかったら、スーパーの保安係に引き渡すと脅されたんで、三人とも署名しちゃったみたいですね。相手の男はそれぞれ区の職員だと称してたそうですが、ひと目で筋者とわかる風体だったというんですよ」

「そうですか」

力丸は短く応じた。現在、およそ百二十万世帯が生活保護費を受給している。受給額はまちまちだが、平均で年に二百万円ほどだ。

　そうした人々よりも年収の低い貧困層が一千万人に及ぶ。ワーキングプアが生活保護費の支給を一斉に申請したら、たちまち全国の市町村の財政は破綻してしまうだろう。そうなったら、国の負担も重くなる。

「スーパーで万引きの濡衣を着せられた三人は揃って相手の男に半ば強制的に性風俗店で働くよう言われ、それぞれ店を紹介されたというんですよ」

「柄の悪い男たちは組員なんでしょう。性風俗店にシングルマザーたちを紹介して、店から口銭を貰ってるにちがいありません」

「わたしも、そう思いました。ただ、なぜ生活保護費を返上させたのかがわからないんですよ。的場監督は、何か裏にからくりがあるんだろうと言ってましたが……」

「そうなんでしょうね」

「市町村の福祉課職員が暴力団関係者とつるんでるとは思えないんですよね、たとえ生活保護費の支給額を少しでも削減したいと考えてたとしても」

「一般職員がアウトローを使って、生活保護費の支給額を減らそうとしたんではないでしょう。しかし、厚生労働省の本省の官僚たちは平気で弱者たちを斬り捨てるようなことをやってきましたから、ろくに税金を払っていない高齢者、失業者、低所得者たちを社会のお荷物と考えてるのかもしれませんね」

「エリート官僚たちは総じて温(あたた)かみがないから、そんなふうに考える奴がいるんでしょうか」

「的場監督が取材した三人のシングルマザーの氏名と連絡先はわかりますよね？」

「ええ、わかります。いま、調べさせましょう」

俵がチーフディレクターを目顔で促(うなが)した。刈谷が立ち上がって、奥の机に足を向けた。

「厚労省の官僚(キャリア)の誰かが裏社会の人間を使って点数を稼ごうとしてるとしたら、世も末ね」

亜弥が溜息混(ま)じりに言って、力丸の横顔をうかがった。

「その通りなんだが、昔から権力や財力を握った奴らは裏の勢力と結びついて、野望を遂げ、私腹を肥やしてきた。腐り切ってるのは政治家や財界人だけじゃない。国民の税金を湯水のように遣(つか)ってる官僚たちも傲慢(ごうまん)だし、行政を私物化してる。特殊法人なんかに天下(あまくだ)りしてる奴らは唯我独尊(ゆいがどくそん)そのものだからな」

「思い上がったエリート役人が少なくないことはわかるけど、政治屋たちよりは少しは増しなんじゃない？」

「いや、同類項さ。企業の利潤だけを追い求めてる財界人どもも救いようのないエゴイストだな。時流におもねてる文化人や言論人も屑(くず)だよ」

「手厳しいのね。番組スポンサー企業の顔色はうかがってないつもりだけど、意向を完全には無視できないニュースキャスターも屑なのかしら？」

「それはわからないな。自分の胸に訊いてみてくれよ。自分自身を含めて、人間は誰も聖者のようには生きられない。打算や思惑があるからね。ただ、他者のことをまったく思い遣れない者は人間失格だろうな。極論だが、そんな奴らは生きる値打ちもないよ」

「力丸さんはアナーキーなのね。ちょっと危険だけど、ますます好きになりそうだわ」

「何か言った？　最近、なんか耳が遠くなっちゃってね。昔のハードロックを大音量で聴いたせいかな」

「また、はぐらかす！　わたしの何を恐れてるの？」

「なんだって？」

力丸は耳を手で囲った。亜弥が苦笑した。

そのとき、刈谷が戻ってきた。

力丸は、差し出されたメモを受け取った。三人のシングルマザーの名と現住所が記されていた。礼を述べ、メモを上着のポケットに収める。

「的場監督は三人の取材を終えたとき、自分が新聞記者なら、特種をスクープできるかもしれないぞなんて冗談半分に言ってましたよ」

刈谷が洩らした。

「何かでっかいスキャンダルが透けてきたんじゃないのかな」

「わたしも、そう感じました」

「ほかに監督は何か言ってませんでした？」

「冗談だったんでしょうが、そう遠くないうちに借金を返せるかもしれないとも言ってたな」

「的場監督は、嗅ぎ当てた犯罪の首謀者から口止め料を強請る気でいたのかもしれませんね」

「まさか⁉」

「具体的なことは話せませんが、監督は別のことで恐喝じみたことをやってたんですよ」

「本当ですか⁉　その話を聞かせてほしいな」

俵次長が身を乗り出した。

「いまは、まだ話せません」

「あなたに迷惑はかけませんから、そっと教えてくださいよ」

「いまは勘弁してください。貴重な時間を割いていただいて、ありがとうございました」

力丸は謝意を表し、ソファから立ち上がった。亜弥と制作局を出る。

「気が向いたら、電話して」

「きょうの礼は、何らかの形でさせてもらうよ。しかし、おれたちはもう会わないほうがいいと思うな」

「どうして?」

「住んでる世界が違いすぎる」

「それだから、面白いんじゃない?」

「きみと過ごした夜は死ぬまで忘れないだろう」

「気障ね。でも、いまの台詞、とっても似合ってる。癪な奴ね。素敵な夜をありがとう」

亜弥が妙に明るく言い、エレベーターホールとは逆方向に歩きだした。

力丸はエレベーター乗り場に急いだ。

エルグランドの運転席に坐ってから、改めてメモを読む。最初に書かれた柿沼茜は二十二歳で、自宅アパートは文京区本駒込一丁目にあった。

力丸は車を発進させた。

目的のアパートを探し当てたのは、およそ三十分後だった。古ぼけた木造モルタル塗りの共同住宅だ。茜の部屋は一〇三号室だった。一階だ。

力丸は刑事になりすまし、部屋のドアをノックした。

待つほどもなくドアが開けられた。茜は派手な服装で、化粧もけばけばしかった。

力丸は模造警察手帳を呈示し、ありふれた姓を騙った。

「わたし、悪さなんかした覚えはないですよ」

「きみは的場監督の取材を受けたことがあるね？」

「ああ、ええ」

茜の顔から警戒の色が消えた。力丸は断ってから、玄関の三和土に滑り込んだ。

「子供は寝てるのかな？」

「千葉の姉夫婦に二歳の息子を預かってもらって、池袋の風俗店で働いてるんです。刑事さんは、殺された的場監督のことを調べてるのね？」

「そうなんだ。きみは的場監督に取材されたとき、行きつけのスーパーで組員風の男に万引きの濡衣を着せられて、生活保護費の受給を返上させられたという話をしたらしいね？」

「ええ。わたし、万引きなんかしてないんですよ。やくざっぽい男がわたしの買物バッグにそっと口紅や乳液を入れたの。でも、胸元から刺青が見えたんで、わたし、怕くなっちゃったのよ」

「で、相手に言われるままに生活保護費の受給を自ら辞退するという誓約書に署名させられたんだね？」

「そうなの。拇印も捺させられたんですよ。それで区役所の福祉課に連れていかれて、すぐに受給返上の手続きをさせられたの。それから、いま働いてる店に行けって指示されたんです」

「そいつは、風俗店の中には入らなかったんだ？」

「ええ。でも、事前に店長とは話がついてる感じでしたね」

「そう。店の名は？」

「西口のロサ会館の斜め裏にある『ハニーハウス』よ。できれば風俗の仕事なんかしたくなかったんだけど、割に稼げるし、刺青の男に何かされると困るんで、ずるずると働いちゃってるんです」

「その男が店に来たことは？」

「一度もないけど、店長の話だと、『竜神会』の構成員みたいですよ」

茜が言った。『竜神会』は、首都圏で四番目に勢力を誇る広域暴力団だ。構成員は約三千人で、都内の繁華街にはすべて二次団体の組事務所がある。千葉、埼玉、神奈川各県下には三、四次組織があって、それぞれ縄張りを守っていた。

「きみと同じような目に遭ったシングルマザーが店に何人かいるの？」

「ほかに二人います。ひとりはわたしと同じように万引き犯に仕立てられて、もうひとりは駅で置き引き犯にさせられたんだって」

「そう。逞しく生きて、早く子供と一緒に暮らすんだね」

力丸は茜の部屋を辞して、エルグランドに乗り込んだ。

二番目にメモされていた有馬綾乃の自宅は北区中十条二丁目にある。やはり、アパート住まいだった。二十一歳の綾乃は一年前に女児を産み、数カ月後にタイル工の夫と離婚している。元夫とは同い年だ。

力丸はエルグランドで綾乃の自宅アパートに向かった。

目的のアパートは造作なく見つかった。しかし、あいにく綾乃は留守だった。車の中で三十分ほど待ってみたが、部屋の主が帰宅する様子はなかった。

三人目のシングルマザーは吉松のどかという名で、二十六歳だった。二児の母親である。娘は三歳で、息子は一歳だ。自宅は墨田区立花六丁目にある。

力丸は、吉松のどかの自宅に車を向けた。

三十分弱で、のどかの住まいに到着した。昔風の棟割り長屋だった。建物は朽ちかけていた。

力丸はエルグランドを降り、吉松宅の玄関戸を軽く叩いた。

応答はない。家の中はひっそりと静まり返っている。あいにく外出中らしい。

車に戻りかけると、左隣の玄関戸が開けられた。姿を見せたのは、八十年配の老女だった。

「おたく、吉松さんところに来たの？」

「そうです。でも、留守みたいですね」

「お隣さん、二人の子供を道連れにして、半月ほど前の深夜に荒川に飛び込んじゃったのよ。無理心中だったの」

「なんだって、そんなことを……」

「どういう理由かわからないけど、吉松さん、生活保護費の受給を自分から断っちゃったみたいなのよ。それでね、二人の子供をわたしに預けて、錦糸町のいかがわしい店で働きはじめたの。個室で客と変なことをする仕事だったみたいよ」

「風俗の店だったんでしょう」

「うん、そういう店だったようね。お隣さんは酒乱の亭主と別れちゃったんだけど、有名な女子大を出てるのよ。若いけど、すごくプライドの高い女性だったの。だから、性的な仕事にはとても耐えられなかったんだろうね。でも、小さな子供を犠牲にしちゃ駄目よ。福祉施設に子供たちを預けて、歯を喰い縛ってでも生きるべきだったのよね。おたくも、そう思うでしょ？」

「ええ。それにしても、遣り切れない話だな」

力丸は老女に軽く頭を下げ、エルグランドの運転席に腰を沈めた。気が滅入りそうだった。

2

風俗嬢たちの顔写真が貼(は)られている。

『ハニーハウス』の通路の壁面だ。力丸はクロークに進み、若い男性従業員に模造警察手帳を短く見せた。

相手がうろたえた。しきりに目を泳がせている。

「手入れじゃないから、おたつくことはない。そっちは店長じゃないな？」

「はい。ぼくは、ただの従業員です」

「店長はもう店に出てるんだろう？」

「ええ。奥の事務室にいます、三枝(さえぐさ)店長は」

「呼んできてほしいんだ」

力丸は言った。

若い従業員が店の奥に向かった。力丸は店内を見渡した。通路の右側にパーティションで仕切られた小部屋がずらりと並んでいる。

八つの小部屋は全室、客が入っているようだった。シングルマザーの柿沼茜も、小部屋のどこかで客に性的なサービスをしているのだろう。

まだ午後八時前だった。力丸は吉松のどかの自宅アパートを訪ねた後、いったん会社に戻った。夕食を摂ってから、この店にやってきたのだ。

店の奥から四十年配の男が歩いてくる。貧相な顔つきで、頬がこけていた。

「ご苦労さまです。店長の三枝稔です」

男が立ち止まった。力丸は偽名を使った。

「池袋署の生活安全課の方ではありませんよね？　お見かけしないお顔ですので」

「本庁組織犯罪対策部の者だ」

「うちのオーナーは堅気です。どの組とも関係ありません。それから、女の子たちに本番はやらせてません。ですから、売春防止法には引っかからないはずです」

「このビルに屋上は？」

「ありますが……」

「営業妨害したくないんで、屋上で話を聞かせてもらおうか」

「は、はい」

店長の三枝が訝しむ顔つきになった。しかし、何も言わなかった。

力丸は三枝と一緒に店を出た。二階だった。エレベーターに乗り込む。雑居ビルは九階建てだった。ほどなく二人は屋上に出た。

誰もいなかった。ネオンに彩られた夜景がどぎつい。暑さは少し和らいでいた。

「店で働いてる柿沼茜のことなんだが、彼女を紹介した男のことを教えてくれないか」

「そんな男はいませんよ。彼女は確か風俗情報誌で『ハニーハウス』のことを知って、自分で雇ってくれないかと店を訪ねてきたんです。茜は女手ひとつで子供を育てなきゃならないんで、たくさん稼ぐ必要があるんですよ」

「店長、こっちを怒らせたいのか？」

「わたし、事実を言っただけですよ」

「そうかな。素直にならないと、これから小部屋をすべて覗くぞ。風俗嬢たちは客といかがわしいことをしてるはずだから、全員、検挙する。そっちはオーナーに無能だと判断されて、即刻解雇されるだろうな」

「わかりました。ちょっとオーナーに電話をさせてください。いくら車代を差し上げればいいのか、指示を仰ぎますので」

三枝が上着の内ポケットを探った。

力丸は無言で、右のロングフックを浴びせた。三枝が突風に煽られたように体をふらつかせた。

「うーっ、痛え。急に殴ったりして、何なんですかっ」

「そっちが嘘をついたからだ。前歯を折られたくなかったら、おれの質問に正直に答えるんだな。柿沼茜を店に連れてきたのは『竜神会』の者だろっ」

「それは……」

「歯を喰い縛ってろ」

「もう勘弁してくださいよ」

「そいつの名は？」

「荒垣孝さんです、常盤組の」

「そいつは、茜のほかにも生活保護費で暮らしてたシングルマザーを何人か『ハニーハウス』に紹介してるな？」

「はい、三、四人。荒垣さんは、同業者の店にも若いシングルマザーを次々に紹介してるようですよ」

「紹介料は、ひとりに付きどのくらい払ったんだ？」

「一本です」

「百万だな？」

「そうです。女の子を連れてきてもらった翌日には現金で紹介料を払いました」

「荒垣は組に内緒で小遣い銭を稼いでるわけじゃないんだろう？」

「ええ、常盤組のシノギだそうです」

「荒垣って奴は生活保護を受けてたシングルマザーたちを万引き犯や置き引き犯に仕

立てて、受給を辞退させてるようなんだ」

「その話は茜たちから聞いてます。わたし、以前は新宿歌舞伎町の風俗店の店長をやってたんですけど、その店も『竜神会』の別の組に若いシングルマザーを十人近く紹介されて、ひとりに付き百万ほど謝礼を払ったそうですよ。紹介された女たちはやはり万引きの濡衣を着せられて、生活保護費の返上をさせられたみたいですね」

「そうか。『ハニーハウス』に映画監督の的場譲二が訪ねてこなかったか？」

力丸は訊いた。

「来ました、来ましたよ。一カ月半ほど前だったと思います。ふらりと店に入ってきて、シングルマザーたちの取材をしてるんだと言って、茜たちを店に紹介してくれた荒垣さんのことをいろいろ聞いていきました。あの監督は東洋テレビで『東京漂流民物語』という初のドキュメンタリー映像を撮(と)るって話でしたが、こないだ撃ち殺されちゃいましたよね」

「そうだな。荒垣のことを教えてくれ。常盤組の準幹部クラスなんだろうな、年齢から察すると」

「舎弟頭補佐だと言ってましたから、そうなんでしょうね。『竜神会』の企業舎弟(フロント)の無届け老人ホーム運営会社の営業課長をやってるようですよ」

「無届け老人ホームの運営会社？」

「ええ。軽い身体障害者や認知症高齢者を積極的に受け入れてるそうです。何か旨味（うまみ）があるんでしょうね。暴力団がボランティア精神にめざめたなんてことは考えられませんので」

三枝が皮肉たっぷりに言った。

「そうなんだろうな。その運営会社の名は？」

「えーと、『光の輪（わ）友の会』だったかな。事務所は、南池袋公園の並びにあるＳＫビルの七階にあります」

「ふだん荒垣は、そのオフィスにいるんだな？」

「ええ、そうみたいですよ」

「ついでに、荒垣の家（ヤサ）も教えてもらうか」

「自宅マンションは要町（かなめちょう）にあります。マンションの名は、確か『要町レジデンス』です。部屋は五〇五号室だったかな。以前は内縁の妻と暮らしてたんですが、現在はわかりません」

「そうか。『光の輪友の会』は、無届け老人ホームをたくさん運営してるのかな？」

「首都圏に百二十カ所も老人ホームがあるって話でしたから、いいビジネスになってるんでしょうね。この近くでは、豊島区長崎（ながさき）二丁目にも無認可老人ホームがあるそうですよ」

「そう」

「わたしがあなたに喋ったこと、荒垣さんには絶対に黙っててくださいね。余計な話をしたことがバレたら、わたし、半殺しにされちゃうでしょうから」

「何も言わないよ。その代わり、こっちのことも黙っててくれ」

「わかってます」

「もう店に戻ってもいいよ」

力丸は言った。『ハニーハウス』の店長は、すぐに遠ざかっていった。力丸は一服してから、エレベーターで一階に下った。

車に乗り込み、池袋駅の反対側に回り込む。SKビルは造作なく見つかった。

力丸はエルグランドを路上に駐め、七階に上がった。

『光の輪友の会』の事務所は無人だった。力丸は車に戻り、荒垣の自宅マンションに向かった。

半ば予想していたことだが、荒垣は自宅にもいなかった。五〇五号室は真っ暗だった。内妻と出かけているのか。あるいは、もう同棲している女性はいないのかもしれない。

力丸は、エルグランドを長崎二丁目の無届け老人ホームに走らせた。

その建物は築三十年は経っていそうな古ぼけた二階家だった。社員寮を改造したようだが、看板は見当たらない。

力丸はエルグランドを降り、無届け老人ホームに近づいた。

すると、玄関先で二人の男が言い争っていた。

片方は三十歳前後で、強面(こわもて)だった。堅気ではなさそうだ。もうひとりは二十五、六歳の細身の若い男だった。真面目(まじめ)そうな印象を与える。

「先月分の給料をちゃんと払ってくれなかったら、支援してくれてる労働者ユニオンの人たちを連れてきますよ」

「弁護士を連れてきても、未払い分は払えねえな。赤字経営がつづいてるんで、『光の輪友の会』は近く自己破産するほかねえんだよ。ない袖(そで)は振れねえんだ」

「赤字経営であるわけないでしょ？　入居者たちから毎月十四、五万も取りながら、一日二度しか食事を与えてないし、月に数回しか入浴もさせてないんだから、丸儲けでしょうが！」

「徘徊(はいかい)する年寄りを保護するのに、いろいろ経費がかかるんだよ」

「そうした入居者は、ベッドに縛りつけてるでしょうが。実質的な経費なんか三割もかかってないはずですっ」

「スタッフの人件費が重いんだよ。五人もいるからな」

「でも、二十万円以上の月給を貰ってる職員なんていないですよね。狭い部屋に二段ベッドを三台も入れて、計六十数名も入居させてるんだから、黒字になってなきゃおかしい」

若い男が言い募った。

「入居者から集めた金が月に九百万ぐらいになるが、とにかく経費があれこれ嵩むから、毎月、大赤字なんだ。儲かってりゃ、スタッフの給料はちゃんと払うよ」

「汚いですよ、弱者を喰い物にするなんて。運営会社が『竜神会』の企業舎弟と知って、かなりあくどい商売をしてると思ってましたが、ひどすぎます！　あなたの親が入居者だったら、こんな汚い商売はしてないでしょ？」

「とにかく、百二十カ所の老人ホームはどこも真っ赤なんだ。これ以上は運営はできねえな」

「嘘だ。そんな話は信じないぞ。入居者たちを喰い物にして、ボランティア精神を持ってる職員たちまで只働きさせて、自分たちだけ甘い汁を吸えばいいのかっ。腐ってるよ、あんたたちは」

「うるせえ野郎だな。少し痛めつけてやろうか！」

やくざっぽい男が青年の胸倉を摑んだ。

力丸は二人に歩み寄った。

「未払い分の給料を払ってやれ」

「誰なんだ、てめえは！」

柄の悪い男が肩をそびやかして威嚇した。

力丸は模造警察手帳を呈示した。とたんに、相手が低姿勢になった。

「個人的には未払い分の賃金は払ってやりたいと思ってますよ。けど、会社は倒産寸前なんです」

「荒垣にそう言えって指示されてるんだなっ」

「兄貴のことまで知ってんですか⁉」

「そっちも常盤組の者だな？」

「え、ええ」

「名前は？」

「高見、高見有一っす」

「財布を出せ」

「え？」

「早くしろ！」

「まいったなあ」

高見と名乗った男が白いスラックスのヒップポケットから革の札入れを抓み出した。

ブランド物だった。

力丸は一万円札の束をそっくり引き抜いた。三十枚以上はありそうだ。力丸は札束を若い男に差し出した。

「これで足りるかな？」

「多すぎますよ。ぼくの手取りは、十八万円そこそこですんで」

「いいから、全部貰っとけ。多い分は迷惑料と考えればいいさ」

「しかし、個人のお金を貰うのはまずいでしょ？」

「貯えがあるのか？」

「ほとんどありません」

「それだったら、この金を貰っとけって。後で『光の輪友の会』が何か言ってきたら、こっちが話をつけてやる」

「いいんですかね」

若い男はためらいながらも、札束を受け取った。

「早く消えたほうがいいな」

「恩に着ます」

「いいって、いいって。後のことは任せてくれ」

力丸は言った。

青年が深く一礼し、足早に遠ざかっていった。力丸は財布を高見に投げ返した。高見が札入れを両手でキャッチし、足許に叩きつけた。

「刑事だからって、こんなことをやってもいいのかっ」

「おれを殴りたくなったか？」

「ああ」

「なら、殴れよ」

力丸は挑発した。高見が逆上し、右のショートフックを放った。力丸は軽やかにバックステップを踏んだ。

高見のパンチは空振りだった。

すかさず力丸は前に跳んだ。ボディーブロウとアッパーカットを連続して見舞う。

高見がいったん前屈みになり、それから大きくのけ反った。尻から地面に落ち、長く呻いた。

「兄貴分の荒垣は、どこにいる？」

「わからねえよ」

「そうかい」

力丸は、高見の額をキックした。的は外さなかった。高見が達磨のように後方に倒れた。

「くそったれ！」

「もう少し粘ってみるか。え？」

「兄貴は、荒垣さんはサンシャインシティに隣接してるプリンスホテルの八階のバーで飲んでると思うよ」

「荒垣に電話なんかしたら、明日、手錠(ワッパ)打つからな」

「な、何の罪で逮捕(パク)るつもりだよっ」

「堅気じゃないんだから、叩けば埃(ほこり)が出る体だろうが！」

「……………」

「黙り込んだな。シャバにいたかったら、荒垣に何も言わないことだなっ」

力丸は釘をさし、車に駆け寄った。

エルグランドを発進させて東口に回る。五分ほどで、目的のシティホテルに着いた。車ごとホテルの駐車場に入り、エレベーターで八階に上がる。

バーに電話をかけ、客の荒垣を呼び出してもらう。少し待つと、男の訝(いぶか)しげな声が流れてきた。

「荒垣だが、あんた、誰だい？」

「名古屋の中京(ちゅうきょう)会の梅島(うめじま)って者です。実は、荒垣さんに買ってもらいたい情報(ネタ)があるんですよ」

力丸は作り話を澱(よど)みなく喋った。

「どんな情報なんだ？」

「おれ、中京会を破門されそうなんですよ」

「何をやらかしたんだ？」

「組長（オヤジ）が世話してる女を姦（や）っちゃったんです。そんなことで、名古屋にいられなくなりそうなんですよ。で、逃亡資金が必要になったんです」

「で、売りたい情報（ネタ）ってのは？」

「中京会が『竜神会』を分裂させて、東京進出を狙ってるんですよ」

「本当なのか⁉」

「もちろんです。もう『竜神会』の三人の理事を抱き込んでるようだな」

「なんだって⁉」

「いまバーの前から電話してるんですよ。三百万貰えたら、知ってることを何もかも荒垣さんに教えます」

「とにかく、会おうや。いま、ここの支払いを済ませる。そこで待っててほしいな」

「わかりました」

　力丸は電話を切った。

　三分も待たないうちに、バーから凶暴な面構（つらがま）えの男が出てきた。荒垣だった。力丸は名古屋のやくざを装って、荒垣を非常口の近くの人目のない場所に誘い込んだ。

向かい合うなり、腎臓（キドニー）にパンチを叩き込む。荒垣が呻きながら、その場に頽（くずお）れた。

力丸は荒垣の背後に回り込み、利き腕で喉笛（のどぶえ）を圧迫した。

「て、てめえ、何者なんでえ？　何を企（たくら）んでるんだっ」

荒垣が唸りながら、声を絞り出した。

「絞め殺されたくなかったら、こっちの質問に素直に答えるんだなっ。シングルマザーたちを万引き犯や置き引き犯に仕立てて、生活保護費の受給を辞退させただろうが？」

「それがどうだってんだ」

「おまえひとりだけじゃなく、何人もの人間が同じことをやってるんじゃないのか」

「く、苦しい！　もっと力を緩（ゆる）めてくれねえと、喋れねえよ」

「どうなんだ？」

「多分、『竜神会』の傘下団体の各組の準幹部クラスが数人ずつ同じことをやってるんだろう。けど、詳しいことは知らねえんだ。おれは常盤の組長（オヤジ）に指示されて、百人ちょっとのシングルマザーを罠に嵌（は）めた。生活保護費の受給をやめさせて、風俗店を紹介してやっただけだよ」

「ひとり紹介するたびに、店から百万の謝礼を貰ってたんだな？」

「うん、まあ。けど、八十万は組長（オヤジ）に渡してたんだ」

「新手（あらて）のシノギなのか？」

「そういうことになるね」

「『光の輪友の会』は、『竜神会』の企業舎弟の一つなんだなっ」

「そうだよ」

「高見って野郎は赤字経営だからって老人ホームの元スタッフの給料を払おうとしなかったが、実際は大儲けしてるんだろ？」

力丸は訊いた。

荒垣は黙したままだった。力丸は右腕に力を込めた。荒垣が苦しげにもがく。

「どうなんだっ」

「どこも黒字だよ」

「やっぱり、そうか。麻薬や銃器の密売はリスキーだから、企業舎弟が〝貧困ビジネス〟に進出するようになった。そういうことなんだろう」

「そうなんじゃねえのかな。組長（オヤジ）や会の理事たちが何を考えてるのか、おれたちはよくわからねえんだ」

「無届け老人ホームを首都圏に百二十カ所も作って荒稼ぎしてるのに、厚生労働省はよく野放しにしておくな。企業舎弟が無認可老人ホームを運営してるんで、見て見ぬ振りをしてるってわけか。そうだったとしても、大目に見過ぎてるな。厚労省と何か裏取引でもしてるんじゃないのか？」

「そんなことまで知らねえよ、おれはまだ常盤組の準幹部だからな」

荒垣が喘ぎ喘ぎ答えた。

「ま、いいさ。おまえの身辺を探ってた人間がいただろうが？」

「えっ、そんな奴がいたのか⁉」

「空とぼける気か。しぶといな。何日か前に射殺された映画監督の的場譲二がおまえの動きを探ってたんだろう？」

「えっ、そうなのか。なんで死んだ映画監督は、おれを付け回す必要があったんだよ？」

「おまえがシングルマザーたちを犯罪者に仕立てて、強引に生活保護費の受給を遠慮させた裏に何か犯罪の臭いを感じ取ったからだろうな。そっちが組長に命令されて、マカロフPbで的場とガードマンの頭を撃ち抜いたんじゃないのかっ」

「おれは誰も殺ってねえよ。第一、マカロフPbなんて見たこともない。それがロシア製の消音型拳銃だってことは知ってるけどな」

「それを知ってるだけで、疑わしいことは疑わしい。おまえが嘘を言ってないかどうか、体に訊いてみよう」

力丸は徐々に右腕に力を漲らせた。

荒垣が全身でもがいて、奇妙な呻き声を洩らした。数秒後、全身から力が抜けた。気を失ってしまったようだ。体を大きく揺すってみたが、まるで反応がない。

力丸は荒垣を床に寝かせると、速やかに離れた。

3

ソファに腰かける。

最上階の社長室だ。力丸は、穂積社長と向かい合う形になった。

社長のかたわらには、海老沢室長が坐っていた。常盤組の荒垣を気絶させた翌日の午後二時過ぎである。

「碑文谷署の協力者の情報によると、数十分前に的場宅に火を放った男を逮捕したそうだ」

穂積が告げた。

「何者だったんです？」

「多摩川の河川敷で暮らしてる自称中村一郎、六十一歳だ。的場宅の隣家の防犯カメラに中村の姿が映ってたらしいんだ、発火数分前にね。中村は、ガソリンの入ったポリ容器を提げてたんだよ」

「で、その男は犯行を認めたんですか？」

力丸は訊いた。

「ああ、認めてるそうだよ。事件当日の午後四時過ぎに中村の塒にやくざ風の男が現われ、的場宅に火を放ってくれれば、二十万円の謝礼をやると話を持ちかけてきたらしいんだ」

「それで、放火を引き受けたわけですか」

「そうだ。相手の男は前金で二十万円を中村に手渡すと、パーリーブラウンのワンボックスカーに乗せて、被害者宅のそばまで運んでくれたらしい。車には、ガソリンの入ったポリ容器が積んであったそうだよ」

「そのワンボックスカーを目撃した者は？」

「目撃証言は複数あるらしいから、中村の供述を信じてもいいんだろう。それからね、焼け跡から溶けたＩＣレコーダーと一眼レフのデジタルカメラが発見された」

「的場監督は、何か犯罪の証拠を押さえたんでしょう。それは間違いないと思います」

「きみの報告によると、監督は『ハニーハウス』を訪ねたということだったね？」

「ええ。的場はシングルマザーたちに濡衣を着せたのが常盤組の荒垣だと突きとめて、仕組まれた生活保護費受給の返上の謎を解こうとしたんでしょう。そして、『竜神会』の企業舎弟が無届け老人ホームを百二十も運営して、あこぎに儲けてる事実を掴んだ。その証拠をＩＣレコーダーやデジタルカメラに収めてたんでしょうね」

「だから、監督は射殺され、自宅にも放火されてしまったのか」

海老沢室長が会話に加わった。

「そうなんでしょうね」

「それなら、『竜神会』のどこかの組が一連の犯行を踏んだんだろう。荒垣が足をつけてる常盤組が臭いな」

「怪しいことは怪しいですね。しかし、まだわかりません。荒垣の話によると、『竜神会』の下部組織がどこもシングルマザーたちに生活保護費の受給を力ずくで遠慮させてるということでしたから」

「『竜神会』が性風俗店に若い女性を紹介して口銭を稼ぐ気になったことはわかるんだが、シングルマザーばかりを斡旋してるのはなぜなのかね。子供を産んでない娘たちを風俗店に紹介すれば、もっと高い口利き料を貰えると思うんだが……」

「ええ、そうでしょうね。暴力団がシングルマザーたちに生活保護費の受給を返上させても、なんのメリットもありません」

「そうだね。あっ、そうか！『竜神会』の企業舎弟は首都圏で百二十もの無届け老人ホームを運営して、甘い汁を吸ってる。厚生労働省が無認可老人ホームを問題視して行政指導に乗り出したら、『竜神会』は弱者を喰い物にできなくなるわけだ」

「ええ、そうです。『竜神会』は無届け老人ホーム運営に目をつぶってもらう代わりに、厚労省の弱者切り捨て作戦に協力してるんではないかな」

「この国の政治家や官僚たちは、非課税所得層高齢者、長期入院患者、身障者、生活保護所帯、失業者たちが景気の回復の足を引っ張ってると考えてる節がある。現に医療費や福祉費の予算は年々、減少してる」

「そうですね。政治家や官僚たちの中には、社会貢献度の低い国民は早く死んでくればいいとさえ思ってる奴もいるにちがいありません」

「そうなんだろうな」

「しかし、そういう奴らはうまく立ち回って、決して自分の手は汚そうとしません」

「そうだね。国会議員は何か不都合なことがあると、すべて秘書のミスにしてしまう。官僚どもも、絶対に自分の非は認めようとしない」

「ええ、その通りですね。厚労省の幹部職員が『竜神会』を使って、社会的弱者狩りをさせようと企んでるのかもしれないな。たとえば、高齢者や失業者の大量抹殺計画を練ってるとか」

「力丸、それは考えすぎじゃないか。本気でそんなことを考えてる官僚がいたら、もはや正気の沙汰じゃない」

「しかし、エリート役人たちの中には出世欲に取り憑かれた人間がいます。どんな手段を用いても、点数稼いで事務次官まで登りつめたいと考えてる奴がいるかもしれませんよ」

「そういう人間がいたら、空恐ろしいね」

「海老沢室長、そうしたクレージーな官僚がいるんじゃないのか。学校秀才は、あらゆる面で自分が最も優秀な人間だとうぬぼれてるから、どうしても独善的になってしまう。そうした考えや姿勢を窘める者が周りにいなければ、独裁者にもなりかねない」

穂積社長が話に加わった。

「そうでしょうね。これまでの調べで、的場監督とガードの香取を殺害したのは『竜神会』の息のかかった者と考えられますが、裏社会の連中にダーティーなことをやらせてきたエリート官僚が実行犯を雇った可能性もゼロではないでしょう」

「そうだな。どっちにしても、『竜神会』の動きをマークすべきだろう。そうすれば、真相を暴く手がかりを得られるんではないか」

「わたしも、そう思います」

室長が社長に言って、力丸に顔を向けてきた。

「現在、要人の護衛に当たってるのは二階堂と串田の二人だけだったね？」

「そうです」

「笠、村上、雨宮の三人に『竜神会』の竜崎孝太郎会長、六十八歳の交友関係を探らせる。きみは常盤組の荒垣をマークし、組長の常盤恒雄の動きを探ってくれないか」

「わかりました」

力丸は社長と室長に一礼し、ソファから腰を浮かせた。社長室を出て、エレベーターで地下駐車場に下る。

エレベーターホールには、社長秘書の砂岡史子が立っていた。社長の従妹だ。

「香取の奥さんの様子は、どうです？」

「まだ悲しみにくれてるけど、そのうち元気になると思うわ。来月、お母さんになるんだから、泣いてばかりはいられないものね」

「そうですね。お腹の赤ん坊に影響はないんでしょ？」

「ええ、大丈夫よ。千帆さん、予定通りに女の子を無事に産むでしょう。香取君ね、エコー検査で第一子が女の子とわかってから、丸一カ月もかけて、名前を考えてたそうよ。それでね、いつかと命名したんですって」

「その話は初めて聞くな。香取いつか、悪くないですね」

「ええ。室長に言われた一億円は香取君の口座に振り込んだから、当分、母子が生活に困ることはないでしょう。でも、母子家庭になるわけだから、千帆さん、何かと心細いんじゃないかな」

「何か困ったときには、力になりますよ。香取には借りがありますんでね。あいつが暴漢に体当たりしてくれなかったら、こっちはもう生きてなかったかもしれないんです。できるだけのことはさせてもらうつもりでいます」

「そうしてあげて。ついでに、いつかちゃんのパパになっちゃう?」

「それは……」

力丸は言葉に詰まった。

「冗談よ。あなたは、ひとりの女性だけでは満足できないんでしょ?」

「そういうわけではないんですが、昔、惚れてた女性に裏切られてるから」

「女性に不信感があるのね?」

「ええ、まあ」

「苦い思いをしたからって、女性に心を閉ざしてたら、人生、味気ないと思うわ。別に恋愛至上主義者ってわけではないけど、人間はかけがえのない異性と濃密な時間を共有できることが最大の歓びなんじゃない?」

「多分、そうなんでしょう」

「この世に生まれたことを感謝したくなるような素敵な恋愛をしなさいな」

「努力してみます」

「そのうち心底、信じ切れる女性と出会えるわよ。それはそうと、あなたの耳にちょっと入れておきたいことがあるの」

史子があたりを見回し、声を潜めた。

「何でしょう?」

「数カ月前から会社の周辺をうろついてる男たちがいるのよ。多分、警察関係者だと思うわ」

「要人護衛室の村上も似たようなことを言ってました。その連中が捜査員だとしたら、社内にスパイがいるんでしょう」

「そういうことになるわね」

「村上は、急に服装に金をかけるようになった総務課長の宮下さんをちょっと怪しんでいましたが……」

「宮下課長は内通者じゃなかったわ。わたし、ちゃんと調べたもの」

「砂岡さんは社内で監察官めいたことをしてたんですか⁉」

力丸は驚きを隠さなかった。

「あなただから、つい警戒心を緩めてしまったわ。推察通りよ。従兄、ううん、社長に頼まれて、わたし、社内にスパイが潜り込んでいないかどうか目を光らせてたの」

「そうだったのか」

「あっ、誤解しないでね。別に穂積社長はあなた方、要人護衛室のメンバーを信用してないわけじゃないの。要人のガードをこなしながら、あなたのチームは悪人どもを非合法な手段で裁いてるわけでしょ？」

「ええ。われわれなりの正義に基づいて狡猾な悪党たちを断罪してるわけですが、法的には犯罪行為になります」

「そうね。だから、警察関係者は当然、看過できないと考える。法律や秩序に則って、アナーキーな犯罪集団をなんとか一網打尽にしたいと内偵捜査を重ねる気になるでしょう。当たり前のことよね」

「ええ。彼らの正義は、法やモラルを物差しにしてますから。正義に対する考え方がわれわれとは根本的に違う」

「ええ、そうね」

「世間の尺度で言えば、穂積社長や海老沢室長の考えは歪んだ正義感ということになります。二人の同調者である要人護衛室のメンバー全員は単なる無法者と映るでしょうね。しかし、権力や財力を握った奴らは警察や検察に圧力をかけて、自分たちは巧みに捜査圏外に逃れてる。はっきり言えば、法律は決して万人に公平ではないわけです」

「それだから、わたしの従兄は法の無力さを痛感させられて、私設の秘密捜査機関をこしらえた。そして、赦しがたい悪人にこっそり制裁を加える決心を固めた。危険な考え方かもしれないけど、そうでもしない限り、地道に生きてる立場の弱い者たちが救われないものね」

「そうだと思います。われわれは社長や室長にシンパシーを感じて、あえて無頼の徒になることを志願したわけです。手段は違法ですが、それぞれが自分なりの正義感や行動哲学を持ってるんですよ」

「それは痛いほど伝わってくるわ、わたしにはね。だけど、官憲(かんけん)には、あなた方の存在は認められないでしょう。一日も早く壊滅(かいめつ)に追い込みたいと思ってるにちがいないわ」

六十過ぎの社長秘書が言った。

「ええ、そうですね」

「わたしは従兄の穂積社長と同じように社会のシステムがまともになるまで、義のための私刑(リンチ)は必要だと考えてるの。だからね、海老沢室長が率(ひき)いてるチームはずっと存続させたいのよ」

「こっちも、そう願っています。社内に裏切り者がいるんだったら、早く見つけ出して排除する必要があります」

「ええ、そうしないとね。裏仕事のことを知ってるのは、社長、室長、わたし、力丸さん、笠さん、二階堂さん、串田さん、村上さん、雨宮さんの九人だけよ。他のセクションの社員や子会社の従業員たちは何も知らないはずだわ」

「警察に通じている者がいるとしたら、九人の中に……」

「そういうことになるわよね。言い出しっ屁の社長が自滅行為に走るとは考えにくいから、怪しいのはわたしを含めて八人でしょうね」

「砂岡さんと海老沢室長は除外してもいいでしょう。内通者がいるんだったら、われわれ六人のうちの誰かですよ」

「そうなのかもしれないけど、ほかのメンバーにはオフレコにしといてね。みんなが疑心暗鬼に陥ったら、チームワークが乱れてしまうから」

「わかりました」

「わたしが内通者を突きとめるから、あなたは的場監督と香取君を射殺した犯人を割り出して、首謀者を闇の奥から引きずり出してちょうだい」

「もちろん、そうします」

力丸は社長秘書から離れた。

同じ車で尾行や張り込みをすることは賢明ではない。力丸は象牙色のクラウンに乗り込み、池袋に向かった。

南池袋公園の並びにあるＳＫビルに着いたのは、およそ二十五分後だった。

力丸は車を南池袋公園の際の路上に駐め、ＳＫビルに足を向けた。エレベーターで七階に上がり、『光の輪友の会』のスチールドアに耳を押し当てる。

荒垣が大声で誰かと電話で話し込んでいた。通話内容から察して、運営している埼玉県内の無届け老人ホームの責任者と新規入居者の家族構成を確認しているようだった。

力丸は荒垣がオフィスにいることを確かめただけで、すぐに車の中に戻った。TOKYO　FMの音楽番組を聴きながら、時間を遣り過ごす。SKビルの前にブリリアントグレイのメルセデス・ベンツが横づけされたのは午後六時だった。

数分待つと、SKビルの出入口から白っぽいスーツを着た荒垣が姿を見せた。ベンツの運転席から若い男が素早く降り、リア・ドアを恭しく開けた。荒垣が後部坐席に乗り込む。どこかに行くようだ。行き先は見当がつかなかった。

ステアリングを握っているのは、チンピラ風の若い男だ。荒垣の手下と思われる。

ベンツが走りだした。

力丸は、荒垣を乗せたドイツ車を慎重に追尾しはじめた。二、三台の前走車を挟みながら、尾けていく。対象の車のすぐ後ろにくっつくと、尾行を覚られることが多い。といって、四、五台後ろにいると、撒かれやすかった。そのことは刑事時代に学んでいた。

ベンツは明治通りを左折し、道なりに走りつづけた。

新宿五丁目交差点から靖国通りに入り、新宿大ガードを潜った。新宿署と新宿野村ビルの間を通り抜け、新宿中央公園北交差点を左に曲がった。

右手には、新宿中央公園が拡がっている。昭和四十三年の春、水道局淀橋浄水場跡地に作られた広大な公園である。超高層ビルの谷間にありながら、緑にあふれた休憩の場だ。

ベンツは、新宿中央公園のほぼ真ん中の路肩に寄せられた。力丸はクラウンをベンツの三十メートルほど後方に停めた。荒垣だけが車を降り、新宿中央公園に足を踏み入れた。力丸はクラウンから出て、荒垣を大股で追った。

荒垣は遊歩道から広場を眺めていた。

広場では、路上生活者を支援する民間ボランティアグループが炊き出しを行っている。列をなしているのは、園内や新宿駅周辺で野宿をしているホームレスだった。男の数が圧倒的に多いが、中高年の女性も何人か並んでいる。

ざっと数えても、二百人はいそうだ。リーマン・ショック以来、都内の路上生活者は増える一方だ。百年に一度と言われる世界的な不況は、まだ底を打っていないのだろう。

支援団体のメンバーが配っているのは、紙容器に盛られたカレー丼だった。スプーンは使い捨てで、プラスチック製だ。

力丸は樹木の陰から荒垣をうかがいつづけた。

数分後、頭に青っぽいバンダナを巻いた男が荒垣に歩み寄った。エプロンをして、両手に半透明のビニール手袋をしている。

ボランティアグループのメンバーにしては、どことなく柄が悪く見える。組員ぽかった。

荒垣の舎弟なのではないか。力丸は樹木の間を縫って、炊き出し班がよく見える場所まで移動した。

バンダナの男が荒垣から離れ、カレーのルーの入った寸胴鍋に接近した。大学生らしい若い男に何か言い、大きな篦を受け取った。

バンダナの男は周囲に人がいなくなると、寸胴鍋の中に何か白っぽい粉を撒いた。手早く篦でルーを搔き混ぜ、白飯の上にカレーのルーを掛けはじめた。

四十人分ほどのカレー丼を用意すると、バンダナの男は寸胴鍋から離れた。行動が不審だ。ルーの中に毒物を混入したのではないか。

力丸は遊歩道に飛び出し、バンダナの男を呼び止めた。

「おい、ちょっと待て！」

「えっ⁉」

相手がぎょっとして、猛然と走りだした。疚しさがあるから、逃げたのだろう。

バンダナの男は東京都庁第一庁舎と並行する形で駆け、歩道橋を渡って噴水池のある南公園に走り入った。

力丸は追跡した。男は遊歩道から植え込みの中に身を隠した。

どの樹木も枝を大きく伸ばし、葉を繁らせている。灌木も育っていた。見通しが利かない。力丸は伸び上がったり身を屈めたりして、目を凝らした。

しかし、逃げた男の姿は目に留まらない。すでに公園の外に逃げてしまったのか。

力丸は諦め、炊き出しの行われている場所に駆け戻った。と、大変な騒ぎになっていた。カレー丼を食べた路上生活者たちが喉を掻き毟って、十人以上ももがき苦しんでいる。すでに絶命している者たちもいた。

支援団体のメンバーやホームレスたちが右往左往している。泣き叫んでいる若い女性もいた。

あたり一帯にアーモンド臭が漂っている。バンダナの男は、寸胴型鍋のルーに青酸化合物を混入したにちがいない。仕事と住まいのない路上生活者の抹殺を狙ったのか。

遠くから救急車とパトカーのサイレンが重なって聞こえてきた。

荒垣の姿は、とうに掻き消えていた。

駆けつける警察官たちに姿を見られるのは避けなければならない。力丸は植え込みの中に入り、そそくさと新宿中央公園を出た。

クラウンの運転席に入り、すぐにエンジンを始動させる。車を数キロ走らせてから、ガードレールに寄せる。力丸はスマートフォンを取り出し、海老沢室長に新宿中央公園で起こった事件のことを報告した。

「同じような事件が上野、大宮、横浜でも、ほぼ同時刻に発生したんだ」

「なんですって⁉」

「『竜神会』の末端の構成員たちが炊き出しのカレーのルーや麺（めん）つゆに青酸化合物を混入して、路上生活者たちの大量毒殺を謀（はか）ったんだろう。暴力団がホームレス狩りをしても、メリットがあると思えない」

「ええ、そうですね。誰かが『竜神会』を動かしてることは間違いないだろう。力丸、荒垣を取っ捕まえて、なんとかバックにいる奴の名を吐かせてくれ」

　室長が命じた。

「了解！」

「手に負えないようなら、笠に助（ス）けさせろ」

「荒垣は常盤組の舎弟頭補佐なんです。組長を締め上げるわけじゃないんですから、助っ人は必要ありませんよ」

「そうか。だが、油断は禁物だぞ。相手は堅気じゃないんだからな」

「こっちも捨て身で生きてるんです。相手の出方次第では、非情に徹しますよ」

　力丸は電話を切り、ギアをＰ（パーキング）レンジからＤ（ドライブ）レンジに移した。

4

午後九時を回った。

五〇五号室の窓は暗い。荒垣は、どこかで酒を飲んでいるのか。

力丸は焦れはじめた。『要町レジデンス』の近くで張り込んでから、一時間半が過ぎていた。

荒垣が『光の輪友の会』のオフィスや常盤組の事務所にいないことは確認済みだった。力丸は荒垣の友人を装って、所在を確かめたのである。

もう少し待たされそうだ。力丸はコンビニエンスストアで買った和風弁当をクラウンの中で食べはじめた。ペットボトルの茶を飲みながら、黙々と箸を使う。たいして旨くなかったが、とりあえず空腹感をなだめることはできた。

煙草に火を点けようとしたとき、海老沢室長から電話がかかってきた。

「新宿中央公園のカレー丼に混入された毒物は青酸カリと判明した。新宿の死者は十七人だが、ほかに上野二十一人、大宮十三人、横浜十九人の犠牲者を併せると、七十人のホームレスが亡くなってる。予断を許さない者が十人前後いるらしいから、死者の数はもっと増えるだろう」

「新宿以外の毒物も、青酸カリだったんですね？」

「そうなんだ。炊き出しの手伝いに参加した見馴れないボランティアはいずれもチンピラ風だったらしいから、『竜神会』の準構成員がカレーのルー、麺つゆ、野菜スープなんかに青酸カリを混入したんだろう」

「そうなんでしょうか」

「力丸、それだけじゃないんだ。都内八カ所の特別養護老人ホームの給湯タンクに亜砒酸が混入されてたというんだよ」

「亜砒酸ですか？」

力丸は訊き返した。

「そう。金属の砒素そのものは無毒なんだが、その化合物の多くは猛毒性があるらしいんだ。亜砒酸は無味無臭の白色粉末なんだが、温水にはよく溶けるという話だよ。特養ホームの調理場は、魚や油揚げの湯引きに給湯器の湯をダイレクトに使ってるとこが少なくないようだ。そんなことで、入居してるお年寄りたちが急性中毒にかかって、二十九人の方が死亡したんだよ」

「なんてことなんだ」

「亜砒酸中毒になると、コレラに似た症状になり、やがて心臓が衰弱してしまうらしいんだ。若ければ、微量の亜砒酸で命を落とすことは少ないというんだが、七十、八十歳の高齢者の場合は……」

「亡くなった二十九人の方は、湯引きした食材を食べてしまったんで、運悪く死んでしまったんですね？」

「そうなんだ。ある特養ホームの調理人は責任を感じて、自殺を図ったらしい。幸い一命を取り留(と)めることができたそうだがね」

「ホームレスが七十人も毒殺され、二十九人の高齢者が亜砒酸中毒で死亡した。たった数時間のうちに、九十九人も立場の弱い人たちが殺されてしまったのか」

「そうだね。こういうことが一カ月もつづいたら、何百人、最悪の場合は千人以上の社会的弱者が葬(ほうむ)られてしまうだろう。力丸、なんとか弱者狩りを阻止しなければな」

「ええ。荒垣の自宅マンションを張ってるんですが、まだ対象者(マルタイ)は帰宅してないんですよ」

「そうか」

「笠(りゅう)たちから何か報告は？」

「残念ながら、何も連絡がないんだ。しかし、『竜神会』が一連の事件(ヤマ)に深く関わってることは間違いないな。中でも常盤組が中心になって、さまざまな汚れ役を引き受けてるんだろう」

「でしょうね」

「荒垣や常盤組の組長を締め上げれば、悪事のシナリオを書いた人物がわかるだろう。力丸、よろしく頼むぞ」

室長が通話を切り上げた。

力丸はスマートフォンを懐に戻し、紫煙をくゆらせはじめた。それから、また時間が虚しく過ぎた。

長いこと坐りっ放しだったせいで、全身の筋肉が強張ってしまった。力丸は運転席から出た。大気は熱を孕んだままだった。微風さえない。暑かった。

体を動かしたら、たちまち汗ばみそうだ。力丸はそう思いながらも、柔軟体操を開始した。少しずつ筋肉がほぐれていく。汗をかいたが、気分は爽快だ。

体が軽くなったとき、背後で足音が響いた。

力丸は振り向く前に左の肩口に痛みを覚えた。感触で、木刀で叩かれたと察した。前に跳んで、体を反転させる。

目の前に見覚えのある若い男が立っていた。新宿中央公園で見かけたバンダナの男だ。いまはバンダナは外している。

「てめえ、偽刑事だな？　何者なんだよっ」

「荒垣におれの素姓を吐かせろって命じられたようだな」

「余裕ぶっこいてるんじゃねえ。めった打ちにされてもいいのかよ」

「剣道の心得はなさそうだな。おれに小手打ちでも決められたら、おまえを誉めてやろう」

力丸は、せせら笑った。意図的に挑発したのである。相手が気色ばみ、木刀を上段に振り被った。

隙だらけだ。力丸はステップインした。男が木刀を振り下ろす。力丸は左腕で木刀を払った。

ダブルパンチを放つ。狙ったのは胃と顎だった。どちらも外さなかった。

男がよろけて、尻餅をついた。木刀は握ったままだった。

力丸は相手の腹を蹴った。

木刀が路面に落ちた。男が両手で腹部を押さえながら、横に転がった。

力丸は木刀を拾い上げた。あたりに人影は見当たらない。力丸は少し手加減して、男の側頭部を打ち据えた。相手が歯を剝いて、長く唸った。

力丸は木刀の切っ先を男の脇腹に突き立てた。ほぼ垂直だった。

「常盤組の構成員だなっ」

「てめえ、ぶっ殺してやる！」

「粋がるなって」

「くそっ」

「ちゃんと答えないと、内臓が破裂するぞ。それでもいいのか？」

「上等だ！　やってみやがれ」

相手は虚勢を崩さなかった。

力丸は木刀に体重を掛けた。切っ先が男の脇腹に深くめり込む。相手の顔が歪んだ。

「やめろ、やめてくれーっ」

「組員なんだな？」

「まだ正式には盃は貰ってねえんだ。けど、荒垣さんには面倒見てもらってる」

「準構成員だったか。名前は？」

「下平ってんだ。下平快だよ」

「二十四、五だな？」

「二十六だよ」

「そっちがルーの入ってる鍋に青酸カリを入れたんだなっ」

「おれが荒垣さんから渡されたのは、下剤のはずだけど」

「おまえは騙されたんだ。新宿中央公園でカレー丼を食べたホームレスが十七人も青酸カリで死んでるんだ。そっちは十七人も殺してしまったんだぞ」

「えっ!?　おれ、てっきり下剤だと思い込んでたから、ルーの鍋に白い粉を入れちゃったんだ。あれが青酸カリとわかってりゃ、混入なんかしなかったよ」

「もう手遅れだな。殺意はなかったと主張しても、おまえが十七人もの人間を毒殺した事実は消えない」

「荒垣さんは汚えよ。おれに嘘ついて、鍋の中に青酸カリなんか入れさせたんだからさ」

下平がぼやいた。

「おまえは荒垣を兄貴、兄貴と慕ってたようだが、向こうは単なる駒と思ってたんだろう。だから、大量毒殺をそっちにやらせたにちがいない」

「荒垣さんは最初っから、おれを利用する気だったのか。畜生！　頭にくるぜ」

「おまえは荒垣に利用されたんだから、奴を庇うことはないんだ。あの男はどこにいる？」

「それは……」

「奴は、おまえを毒殺犯に仕立てようとしたんだぞ。仕返しをしてやれよ。なんなら、おれが手伝ってやってもいい」

力丸はけしかけた。

「おれ、逮捕られたら、死刑にされちゃうんだろうな。十七人も死んだって話だから」

「荒垣に利用されて死刑にされるなんて腹立たしいよな？」

「ぶっ殺してやりてえよ、荒垣さんをな」

「だったら、庇ったりするんじゃない」

「わかったよ。荒垣さんは、ホテルメトロポリタンの九〇三号室にいる。あんたが事務所や自宅マンションに来るかもしれないんで、ホテルに泊まることにしたんだよ」

「おれと一緒にホテルに行って、何か仕返しをするんだな」

「ああ、そうすらあ」

下平が吼えるように言った。

力丸は木刀を暗がりに放り投げ、下平を摑み起こした。

「メトロポリタンに着くまで、そっちはトランクルームに入っててくれ」

「なんでトランクに……」

「ホテルのそばに池袋署があるじゃないか。助手席か後部坐席に乗ってたら、お巡りに見つかるかもしれないだろうが？　おまえが偽のボランティアメンバーだってことは、もう警察は知ってるだろう。捕まったら、荒垣に仕返しできなくなるぜ」

「そうだな。わかったよ」

下平は、御為ごかしの説得を少しも怪しまなかった。力丸は下平を弾除けにする気になったのである。

「あんた、何者なんだ？　やくざには見えないけど、なんか度胸があるね」

「こっちのことは詮索するな」

「わ、わかったよ」

下平が服を手ではたいた。力丸はトランクルームに下平を押し込み、クラウンの運転席に入った。

目的のシティホテルは池袋駅のすぐ近くにある。十分弱で、ホテルメトロポリタンに着いた。地下駐車場に潜(もぐ)り、トランクルームから下平を引っ張り出す。

二人はエレベーター乗り場に直行した。

九階に上がる。函(ケージ)を出ると、力丸は下平に声をかけた。

「おれと一緒だとは言うなよ」

「ああ、わかってる」

「そっちは部屋のチャイムを鳴らして、荒垣におれの正体がわかったと言うんだ。いいな？」

「ああ」

下平の顔は引き攣(つ)っていた。頭の中は、荒垣に対する憤(いきどお)りで一杯なのだろう。

二人は通路をたどって、九〇三号室の前で立ち止まった。

下平が部屋のチャイムを鳴らした。ややあって、ドアの向こうで荒垣の声が響いた。

「下平か？」

「そうっす。荒垣さん、例の男の正体がわかりましたよ」

「何者だったんでえ？」

「部屋に入ったら、詳しいことを喋ります。ひとりですよね？」

「ああ。愛人(レコ)を部屋に呼ぶ気分じゃねえんでな。待ってろ。いま、ドアを開けるよ」

「お願いします」

下平の声は少し震えていた。緊張と怒りのせいだろう。

力丸は下平のベルトを摑んだ。腰のあたりだった。下平が深呼吸した。

ドアが開けられたら、いきなり荒垣の急所を蹴り上げる気でいるのか。それとも、相手の顔面に拳(こぶし)を叩き込むつもりなのだろうか。

九〇三号室のドアが内側に吸い込まれた。

力丸は下平の背を押し、室内に躍(おど)り込んだ。荒垣が目を剝(む)き、後(あと)ずさった。純白のバスローブ姿だった。力丸は後ろ手にドアを閉めた。

「てめえ、失敗(ドジ)を踏みやがったなっ」

荒垣が下平を詰(なじ)った。

「あんた、おれを嵌(は)めたんだな！」

「何だよ、その口のきき方は。てめえ、急に態度がでかくなりやがったな。どういうつもりなんでえ」

「あんたは、白い粉を下剤だと言ってたよな？　ふざけんな。あれは青酸カリだったんだろうが！　新宿中央公園で炊き出しのカレー丼を喰(く)った十七人のホームレスが死んじまったんだよ。あんたは最初っから、おれを毒殺犯に仕立てるつもりだったんだろっ」

「下平、なんの話をしてるんでえ？」

「ばっくれるんじゃねえ。あんたの企(たくら)みを見抜けなかったんで、おれは十七人も死なせることになっちまったんだ」

　下平が喚(わめ)いた。

「おれは常盤(ときわ)の組長(オヤジ)に下剤と言われ、世の中のお荷物になってるホームレスどもの炊き出しに混(ま)ぜて、少し連中を懲(こ)らしめてやれって命じられたんだ。で、おめえに代役を務(つと)めてもらっただけだぜ」

「そんなわけねえ。あんたは自分の手を汚したくないんで、おれを実行犯にしたんだろうが！　なめやがって」

「下平、おれは組長(オヤジ)に渡された白い粉がまさか青酸カリとは知らなかったんだ。嘘じゃねえよ」

　荒垣が言い訳した。演技をしているようには見えない。

　しかし、上野、大宮、横浜などの犠牲者を含めると、ちょうど七十人の路上生活者やネットカフェ難民たちが毒殺されている。食物に青酸カリを混ぜたのは、いずれもチンピラ風の若い男たちだったという。

　彼らは、『竜神会』と何らかの関わりがあると思われる。常盤組の舎弟頭補佐の荒垣が組長や本部の理事たちが企んでいることをまったく知らないのは、いささか不自然な気もする。荒垣はポーカーフェイスで、空とぼけているのか。そうだとしたら、大変な役者だ。

「そっちが空とぼけてるのかどうか、また体に訊いてみるか」

　力丸は荒垣を睨みつけた。

「勘弁してくれよ。おれは絶対に嘘なんて言ってねえって。うちの組長は何度も下剤だと言って、白い粉を渡してくれたんだ」

「そっちの言う通りなら、組長の常盤恒雄はおまえを毒殺犯に仕立てるつもりだったんだろうな」

「そ、そんな⁉　おれは高校を中退してから、ずっと組長に仕えてきたんだぜ。実の父親よりも大事にしてきたし、組長もおれに目をかけてくれてた。直系の子分を刑務所に送るような真似はしねえと思うがな」

「そっちが甘ちゃんなのかもしれないぜ。とにかく正直な受け答えをしてるかどうか、体に訊いてみるよ」

　力丸は言って、下平のベルトから手を放した。

ほとんど同時に、下平が床を蹴った。そのまま荒垣に体当たりして、気合を発した。荒垣が短い呻き声をあげた。すぐに彼は棒のように後方にぶっ倒れた。心臓部には、両刃のダガーナイフが深々と埋まっていた。

「あんたが悪いんだ。おれを利用したんだからな」

下平が放心状態で呟き、荒垣を見下ろした。

荒垣は幾度か体をひくつかせると、身じろぎ一つしなくなった。心肺が完全に停止したのだろう。

「死んだよ、荒垣は」

「おれを裏切ったから、殺されることになったんだ。自業自得さ。な、そうだろう？」

下平が同意を求めてきた。

「判断がつかないな」

「え？」

「荒垣は空とぼけ通そうとしたのか、組長に下剋だと嘘をつかれたのか。その判断が難しい」

「言ってたことが本当なら、おれは荒垣さんを殺っちゃいけなかったんだよな。な、そうなんだろう？　まずったのかな。おれはどうすればいいんだ？　な、教えてくれないか」

「自分で考えろ」

力丸は突き放した。

下平が言葉にならない叫びをあげ、その場にへなへなと坐り込んだ。力丸は身を翻(ひるがえ)し、ドアに向かって歩きだした。

ノブを摑んだとき、後方で下平が呻いた。

力丸は振り向いた。下平が荒垣の胸部から引き抜いたダガーナイフで自分の喉を突き刺し、転げ回っていた。すぐに救急車を呼んでやれば、下平は命を落とすことはないだろう。

しかし、下平は十七人の路上生活者や失業者を死なせている。殺意はなかったとはいえ、罪は軽くない。下平は本気で人生に終止符を打つ気になったのだろう。死なせてやるべきなのではないか。

力丸はノブを回して、無言で部屋を出た。

第五章　歪んだ密約

1

防犯カメラだらけだった。

常盤組の組長宅だ。ＪＲ目白駅から数百メートルしか離れていない。豪邸だった。

力丸は、防犯カメラの死角になる路上で張り込んでいた。クラウンの運転席から常盤邸の門を注視中だった。

池袋駅近くにあるシティホテルの九〇三号室で荒垣と下平が死んだのは、三日前のことだ。翌日から力丸は常盤に張りついていた。

だが、組長は池袋四丁目にある組事務所と自宅を規則正しく往復するだけで、どこかに寄り道することはなかった。

きょうは午後四時前に帰宅し、自宅に引き籠ったままだ。あと数分で、午後七時になる。

神田にある『竜神会』の本部事務所近くには、レンジャー隊員崩れの笠が張り込んでいる。文京区本郷三丁目にある竜崎会長宅を張っているのは、元刑事の村上だ。二人からは何も連絡がない。特に動きはないようだ。

スマートフォンが振動した。張り込む前にマナーモードに切り替えておいたのである。発信者は雨宮真衣だった。

力丸は、真衣に常盤組長の交友関係を洗わせていた。

「常盤組長は、厚労省の首藤澄薬務局長、五十一歳としばしば一緒にゴルフをしてますね」

「五十一で、局長か。その首藤って男は有資格者なんだな？」

「ええ、東大出のキャリア官僚です」

「常盤組は首都圏で百二十の無届け老人ホームを運営してるわけだから、老人保健福祉局長に取り入りそうなものだがな。薬務局長とつき合っても、ビジネス面でのメリットはないはずだ」

「ええ、そうですね。薬務局は治験薬の審査や医療機器開発の研究に携わってるセクションですから、常盤組とは利害が一致しません」

「そうだよな。老人ホーム運営会社と関わりがあるのは、社会・援護局か老人保健福祉局だ」

「そうですね。常盤は、別に首藤局長を接待してるわけじゃないんですよ。二人は、『グロリア製薬』主催のゴルフコンペにゲストとして招かれてるの」

「『グロリア製薬』は、年内にタミフルやリレンザより薬効があると前評判の高い国産インフルエンザ治療薬を販売することになってる大手メーカーだったよな？」

「ええ、鳥インフルエンザにも効き目があると言われてる新薬を開発した会社です。スイス生まれのタミフルの半値で発売するそうですから、爆発的なヒット商品になるでしょう」

「だろうな。ただ、許認可が下りるまでの治験期間が通常よりも短いことが製薬業界で問題になったんじゃなかったっけ？」

「ええ、そうです。でも、タミフルは国内に三千八百万人分しか備蓄されてないし、この秋から年末に新型インフルエンザの大流行が予想されてるんで、国産のインフルエンザ治療薬の発売を急ぐことになったみたいですね」

「そうか。その新薬の許認可に首藤薬務局長が一役買ったんで、『グロリア製薬』は恩義を感じてるんだろうな」

「首藤局長は『グロリア製薬』に鼻薬をきかされて、新薬の治験期間の短縮に目をつぶったんじゃないのかしら？」

「雨宮、何か裏付けがあるのか？」

力丸は早口で問いかけた。

「首藤は去年の秋、『グロリア製薬』が保養所建設予定地として確保してた伊豆高原の二千坪の土地をわずか二百万円で譲り受けてるんですよ。土地の所有権の名義は、妻になってますけどね」

「そういうことなら、首藤が新薬の許認可に便宜を図ってやったことは間違いないんだろう。『グロリア製薬』は国産のインフルエンザ治療薬で莫大な利益を見込めるわけだから、首藤の接待に励むはずだ。新薬の許認可が下りた時点で、『グロリア製薬』は首藤薬務局長に一億円程度の謝礼を払ったのかもしれない。あるいは現金ではなく、相当分の株券を渡したんだろうな」

「露骨な収賄はしてないんじゃないのかな。というのは、首藤は将来、事務次官になれるエリートと目されてるらしいんですよ。『グロリア製薬』から巨額の賄賂を受け取ったりしたら、自ら出世の途を閉ざすことになるでしょ？」

「ま、そうだな」

「でも、伊豆高原の広大な土地を超安値で分けてもらってるわけだから、官僚の最高位と呼ばれてる事務次官になる夢を諦めたのかもしれませんね。なにしろ、厚労省にはキャリアが何人もいますから」

真衣が言った。事実、その通りだった。

二〇〇一年に旧厚生省と旧労働省が統合されて、厚生労働省になった。本省と関係機関の職員を併せると、五万数千人の巨大組織だ。今年の厚労省の年間予算は、およそ二十五兆円である。財務省など他の省よりも、はるかに予算は大きい。

そうした厚労省で事務次官まで登りつめることは容易ではないだろう。旧厚生省と旧労働省のキャリア官僚たちの確執は想像を超えているにちがいない。ちょっとしたミスで、エリート役人たちは足の引っ張り合いをしているのだろう。

「雨宮が言ったように首藤は出世レースから下りて、『グロリア製薬』から甘い汁を吸いつづける気になったんだろうな。新薬の許認可に便宜を図ってやったことは間違いなさそうだ」

「わたしも、そう思います。わからないのは、常盤組長まで一緒にゴルフ接待を受けてることなんですよ」

「常盤恒雄は総会屋か業界紙記者から『グロリア製薬』の内部不正を教えられ、大手製薬会社の用心棒になったのかもしれないぞ。それで、会社と癒着してる首藤と親しくなったんじゃないのかな」

「そうなのかしら？」

「雨宮は、どう筋を読んでるんだ？」

「ただの勘なんですけど、厚労省の内部の誰かが首藤と『グロリア製薬』が不適切な関係にあることを常盤組の組長にリークしたとは考えられませんか？」

「常盤は提供された癒着の件を恐喝材料にして『グロリア製薬』から金を強請りつづけ、首藤には自分が無届け老人ホームを百二十カ所も運営してることには目をつぶるよう監督局の社会・援護局の幹部に言い含めておけと脅したのかもしれないな」

「常盤組長が何か弱みを握って、企業恐喝めいたことをしてるのは間違いないんでしょうね。でも、総会屋や業界紙記者が新薬の治験期間を短縮して、『グロリア製薬』が通常よりも早く許認可を貰ったという証拠を押さえることは無理でしょ？」

「そうだろうな。厚労省の職員が内部告発というよりも、首藤の昇進を妨害したくて、『グロリア製薬』に便宜を図ってやった事実を常盤に漏らしたんだろうか」

「わたしは、そう推測しました。その人物は一般職員ではないと思います。首藤と同じくキャリア官僚で、いずれは事務次官になれそうなエリートなんじゃないのかしら？」

「つまり、そいつは首藤のライバルだってわけだな」

「ええ、多分ね。首藤が先に事務次官になるのは面白くないので、陰険な方法で強敵の足を引っ張ったんじゃないのかな？」

「雨宮、冴えてるじゃないか。その線が濃そうだな。首藤をライバル視してきたキャリア官僚で、『竜神会』の竜崎会長や常盤組長と接点のある奴が省内にいるか調べてみてくれないか」

力丸は通話を切り上げた。

スマートフォンを耳から離しかけたとき、笠から電話がかかってきた。

「何か動きがあったのか？」

「いいえ、そうじゃないんです。少し前に本部事務所詰めの若い衆を少し痛めつけたんですが、『竜神会』直営の銀座の高級クラブ『カノン』で厚労省のキャリア官僚が週に四日は派手な飲み方をしてるらしいんですよ」

「そのキャリアの名は？」

力丸は訊いた。

「名前まではわからないというんですが、東大法学部出で五十二、三歳だそうです。そいつは、雇われママの井出理佳と愛人関係にあるらしいんです。理佳はちょうど三十歳で、竜崎の妹の長女だという話です。その姪は、かなりの美人だそうですよ」

「ママといい仲のキャリアは資産家の倅なんだろうな。国家公務員の俸給は悪くないが、週に四日も銀座の高級クラブに通えるわけないから」

「キャリアの男は、いつも勘定を『ドリーム・コーポレーション』に付け回してるようなんですよ。その会社は、ケア付き高額老人ホームを全国展開して、急成長中だとか。厚労省のエリート役人が何か便宜を図って、金品を無心し、飲み代も『ドリーム・コーポレーション』に払わせてるんでしょうね」

「笠、それだけだと思うか？　ケア付き老人ホームを開設すると、確か公的な助成金が出るはずだよ。規模が大きな施設なら、一億円前後の助成金が支払われるようだぜ。たかり体質のキャリア官僚なら、助成金の何割かをキックバックさせてるとも考えられるな」

「そうですね。仮に三千万円ずつキックバックさせても、十カ所でも三億円の泡銭が入るわけか。『ドリーム・コーポレーション』は八十二の高額老人ホームを運営してます。新規開業の二十カ所に便宜を図って許認可を早く出してやれば、ざっと六億円になるな。大変な副収入ですね」

「そうだな。しかし、悪さがいつ発覚するかもわからないわけだ」

「ええ、そうですね。開き直ったキャリアじゃなきゃ、そこまではやれないでしょう。事務次官まで昇格したいと考えてるエリート役人は、そんなリスキーなことはしないんじゃないですか？」

「と思うよ。さっき雨宮とも喋ったんだが、厚労省にはキャリア官僚が大勢いる。しかし、事務次官になれるのはたったひとりだ」

「そうですね。出世競争に疲れて、実を取りたいと考えてるエリートは何人もいるんだろうな。だから、昔から企業は政治家だけじゃなく、キャリア官僚たちにも取り入ってるんでしょう」

「政治家どもを裏でコントロールしてるのは、霞が関のキャリア官僚たちだからな。連中と太いパイプを持ってれば、利権や利潤を得られる」

「ええ。老人ホームの許認可を扱ってるのは、社会・援護局あたりなんでしょ？」

「そうなんだろう。局長クラスなら、相当な権限を持ってるにちがいない」

「主任、常盤組の企業舎弟の無届け老人ホームは一度も行政指導を受けていません。社会・援護局の幹部職員と『竜神会』が癒着してるからなんでしょう」

笠が言った。

「考えられるな、そいつは。『カノン』のママと愛人関係にある男は、社会・援護局の局長なのかもしれない」

「その可能性はありそうだな。そいつ、まだ出世レースから下りてはいないんじゃないですか？」

「なぜ、そう思う？」

「そのキャリア官僚が『竜神会』の構成員たちを使って、シングルマザーたちに生活保護費の受給を遠慮するよう強要し、ホームレスや特養ホームの入居者たちを合計で百人以上も毒殺させたのかもしれません」

「そうだな。景気のいいときは、官僚たちは予算をきれいに遣い切ることに腐心してた。金を余らせると、翌年度の予算を削減されかねないからな」

「実際、減らされるんでしょう。どうせ税金なんだからと湯水のごとく遣ってた」

「そうだったな。しかし、世界的な不況になってからは国民や市民団体が税金の無駄遣いを厳しくチェックする傾向が強まってる」

「ええ、そうですね」

「だから、いまや歳出をできるだけ抑えた奴が有能なキャリアってことになるんじゃないのか？」

「そうか、そうなんだろうな。それで、事務次官まで出世したいと願ってるエリート役人が福祉関係の歳出を少しでも減らして、高い評価を得たいと考えたのかもしれないってことですね？」

「そうだ。だから、シングルマザーたちが経済的な自立を強いられ、税金をほとんど払ってない失業者や高齢者たちを『竜神会』の奴らに毒殺させたんだろう」

「主任の読み筋通りなら、そのキャリア官僚は冷血漢だな。早くそいつを見つけ出して、事故に見せかけ、地獄に送ってやりたい気持ちです」

「こっちも同じ思いに駆られてるよ。話が前後してしまったが、常盤組の組長は厚労省の首藤薬務局長と『グロリア製薬』の両方の弱みを摑んだようなんだ」

　力丸はそう前置きして、雨宮真衣から聞いた話を伝えた。

「首藤薬務局長と『グロリア製薬』が癒着してることをリークしたのは、『カノン』

のママと愛人関係にある厚労省のキャリア官僚臭いな。そいつは首藤を手強いライバルと感じてたんで、出世レースから蹴落としたかったんでしょう」

「多分、そうなんだろうな」

「卑劣な野郎だ。てめえだって、『ドリーム・コーポレーション』の助成金の何割かをキックバックさせてるんだろうし、『竜神会』を使って福祉関係の歳出を減らそうと汚い手を用いたんだろうに」

「そうだな。それはそうと、的場監督が『竜神会』の本部事務所の周辺をうろついていたという証言は？」

「残念ながら、そういう裏付けは取れませんでした。しかし、荒垣をマークしてるうちに、大きな犯罪が見え隠れしてるんで、真相に迫ろうとしたことは間違いないでしょう。そして、不正の証拠を握ったんで、的場監督はガードの香取と一緒に射殺されて、自宅も放火されたにちがいありません」

「大筋は、その通りなんだろう。笠、本部事務所の照明が消えるまで粘ってみてくれ」

「了解！」

笠が電話を切った。力丸は、村上のスマートフォンの短縮番号をタップした。

「主任、そちらに何か動きがあったんですか？」

「いや、常盤は自宅で寛いでるようだ。竜崎会長の動きは？」

「日没前に庭に出てきて、池の錦鯉に餌をやった後、盆栽の手入れをしただけで、ずっと家屋の中にいます」

「来客は？」

「ありませんでした」

「そうか。村上、その後、捜査関係者らしい人間に尾行されてる気配は？」

「もう尾けられていないみたいです。ただ、偶然かもしれないんですが、昼間、張り込み中に社長秘書の砂岡さんの車を見かけたんですよ」

「社長の従妹の車を竜崎会長の自宅の近くで見かけたって？」

「ええ。この近所に知り合いが住んでるんですかね。それとも、砂岡女史はスパイめいたことをしてるんでしょうか？」

「砂岡さんが裏切り者とは思えないな」

「そうですよね。主任、いま報告したことは忘れてください」

「ああ、そうしよう」

「主任の読み筋通りなら、殺された的場監督は『竜神会』の関係者の身辺を探っててもよさそうなんですが、そういう証言はまったく出てこないんですよ」

「おれの推測は見当外れなんじゃないかって言いたいんだな？」

「そうまでは言ってません。ですが、的場は荒垣をマークしてただけで、その先のことは嗅ぎ当ててないんじゃないのかな」

「おまえが言った通りなら、平町の的場邸に火は点けられてないだろう。焼け跡から溶けたICレコーダーとデジカメの燃え滓が発見されてるんだから、的場はでっかい犯罪の事実を押さえたにちがいないよ」

「主任の気分を害させたんだったら、謝ります。勘弁してください」

村上が済まなそうに言って、通話を切り上げた。

力丸はスマートフォンを上着の内ポケットに戻し、セブンスターに火を点けた。

社長秘書の砂岡史子は、張り込み中の村上の様子をうかがいに行ったのではないか。そうだとしたら、村上は警察関係者と通じていると怪しまれているようだ。

力丸は暗い気持ちになった。要人護衛室のメンバーの中に裏切り者がいるとは思いたくない。社長、室長、社長秘書の三人はどう考えてもシロだろう。

内通者が村上だったとしたら、どんな理由で仲間たちを売る気になったのか。二十代の彼には一千五百万円の年俸は決して少なくない。金で魂を売ったのではなさそうだ。

法律や道徳を無視した私的な裁きに加担しつづけることに耐えられなくなったのだろうか。民主国家のルールを黙殺することは、あまりにもアナーキーだ。

村上はそういう結論に達し、仲間たちと袂を分かつ気になったのか。それも一つの生き方だし、個人の自由だろう。

だが、仲間を官憲に売ることは男の美学に反する。私刑は反社会的な行為だが、密告はもっと卑しい。仲間と歩調を合わせられなくなったら、黙って去るべきだろう。

村上には、いまも仲間意識を懐いている。しかし、彼が内通者とわかったら、生かしておくわけにはいかない。これまでに闇に葬ってきた救いようのない悪人どもと同じように始末しなければならなくなるだろう。

力丸は暗然とした気持ちで、煙草の火を灰皿の中で消した。

そのすぐ後、常盤邸の車庫のシャッターが巻き揚げられた。黒塗りのセンチュリーが滑り出てきた。ステアリングを握っているのは三十歳前後の男だった。地味なスーツを着込んでいるが、まともな堅気には見えない。

組長の常盤はリア・シートに坐っていた。淡いグレイの背広姿だった。ネクタイやワイシャツは派手ではない。

組長クラスの筋者は、チンピラのような服や靴は選んだりしないものだ。広域暴力団の理事たちは商社マンや実業家に見える者が少なくない。

センチュリーの尾灯が小さくなった。

力丸はクラウンを静かに走らせはじめた。用心しながら、追尾する。センチュリーは二十数分走り、千代田区紀尾井町にある老舗料亭に横づけされた。

ドライバーが急いで運転席から降り、すぐさま後部坐席のドアを開けた。常盤が降り立ち、運転手に何か言った。ドライバーが大きくうなずき、リア・ドアを閉めた。常盤が料亭の玄関に向かった。

運転手が組長の後ろ姿に深々と一礼し、センチュリーに乗り込んだ。国産高級車はゆっくりと走り去った。力丸は暗がりにクラウンを寄せ、ヘッドライトを消した。十分ほど経過してから、料亭に足を向ける。

玄関先に初老の男がいた。下足番だろう。

力丸は例によって、模造警察手帳を短く呈示した。

「警視庁組織犯罪対策部の者ですが、十分ほど前に『竜神会』の常盤組の組長が入っていきましたよね？」

「常盤商事の社長さんがお着きになりましたが、その筋の方かどうかは存じません」

「どなたのお坐敷に招かれたんです？」

「そういったご質問には、お答えできませんね」

「見当はついてるんですよ。一席設けたのは、『グロリア製薬』の役員なんでしょ？」

「わたくしは何も言えません」

「図星だったようだな。あなたの反応で、すぐ察しましたよ」

「弱ったな」

相手が頭に手を当てた。

「おたくに迷惑はかけません。ご協力願えないかな」

「そうおっしゃられてもね……」

「これで一杯飲(や)ってください」

力丸は三枚の万札を折り畳み、男の右手に握らせた。

「困りますよ、こういうことは」

「堅く考えないでください」

「ええ、でもね」

「もうお孫さんがいるんでしょ?」

「この春に初孫ができました。女の子なんですよ。娘の子供なんですが、そりゃ、かわいいですね」

「そうでしょう。かわいいお孫さんに何か買って上げてください」

「孫のことを言われると、もう駄目だな。それじゃ、遠慮なくお言葉に甘えさせてもらいます」

下足番の男が紙幣(しへい)をスラックスのポケットに入れた。動作は驚くほど早かった。チップを貰い馴(な)れているのだろう。

「役員の名前を教えてもらえます?」

「副社長の安宅正臣さんです」

「厚労省の首藤薬務局長も同席してるのかな」

「きょうは安宅さんと常盤さんのお二方だけです。人払いをなさったようですから、何か密談があるのでしょう」

「『グロリア製薬』が年内に国産のインフルエンザ治療薬を発売するという話はご存じでしょ？」

「はい。厚労省の首藤局長の尽力で、新薬の許認可が半年近く早く下りたとかで、『グロリア製薬』の安宅副社長はだいぶありがたがってましたよ。首藤さんには足を向けて寝られないとかなんとかおっしゃって」

「そうですか。どうも首藤局長は袖の下を使われて、許認可に便宜を図ったみたいなんですよ。捜査二課は立件できるだけの物証を押さえてるはずです。常盤は首藤と『グロリア製薬』の癒着ぶりを恐喝材料にして、企業恐喝を働いた疑いがあるんです。われわれは、そっちの事件を捜査してるわけですよ」

力丸は言い繕った。

「やっぱり、そうでしたか。首藤さんと安宅副社長の二人は、いつも常盤さんの前でおどおどしてるんで、ひょっとしたら、何かで強請られてるんではないかと思ってたんです」

「お坐敷で現金の受け渡しをしてる気配はありました？」

「そういうことがあれば、芸者衆や仲居さんたちから自然に噂が広がるもんです。しかし、そんな話は耳に入ってきてませんね。だけど、安宅副社長は別れしなにいつも常盤さんに『約束の顧問料を数日中に必ず振り込みますから』と耳打ちしてました。そのときに指を一本立てたり、二本立てたりしてましたよ。一千万とか二千万という意味なんでしょうね」

「いや、一億とか二億でしょう。二人きりで会うのは、きょうで何回目です？」

「五回目ですね。それ以前に首藤局長を交じえて、二度会ってます」

「首藤局長も金をせびられてるように見えました？」

「そんな感じには見えませんでしたね。首藤さんは安宅副社長に常盤さんに口止め料を払ってやってくれと頼んだだけで、ご自分はせびられてはいないんでしょう。エリート役人といっても、それほどリッチじゃないはずですから」

下足番が言った。

「そうなんでしょうね」

「常盤さんは『グロリア製薬』から七、八億円脅し取ったのかな。捨て身で生きてる裏社会の人間は怕いですね。でも、そのうち捕まっちゃうでしょ？」

「そうなるでしょう。ご協力に感謝します」

力丸は体を反転させ、勢いよく歩きだした。

2

一戸建ての官舎だった。

厚生労働省の首藤薬務局長の住まいは、港区内の邸宅街の一角にあった。敷地が広く、庭木も多い。

力丸は会社のクラウンを路上に駐めた。

首藤宅の数軒先の生垣の際だった。まだ夜は明けきっていない。東の空がうっすらと明るみはじめている。紀尾井町の老舗料亭で下足番から有力な手がかりを得た翌朝だ。

力丸は缶コーヒーを飲みながら、菓子パンを頬張りはじめた。

自宅マンションを出てから買い求めたのだ。前夜、真衣から首藤局長は毎朝ジョギングをしているという情報がもたらされた。それで力丸は、首藤から直に手がかりを集める気になったわけだ。

早々に朝食を摂り終えたとき、首藤が自宅から姿を見せた。

白いプリントTシャツを着て、濃紺のジョギングパンツを穿いている。首には、水色のスポーツタオルが掛けられていた。その両端はTシャツの中に突っ込んであった。

中肉中背で、平凡な面立ちだ。特に切れ者という印象は与えない。

首藤は家の前で準備体操をすると、軽やかに走りはじめた。五十代にしては、動きが若々しい。日頃からスポーツで体を鍛えているからだろう。

力丸は首藤がだいぶ遠のいてから、クラウンを発進させた。低速で走り、ちょくちょく車を路肩に寄せる。

首藤は周辺を数キロ駆けると、公園に走り入った。ベンチに腰かけ、顔面や首筋の汗を拭った。

力丸は車を公園の出入口近くに停めた。すぐに運転席を離れ、園内に足を踏み入れた。ベンチに坐った首藤が幾分、緊張した顔つきになった。

「厚労省で薬務局長をなさってる首藤さんですね？」

力丸は穏やかに話しかけた。

「そうだが、あなたは？」

「『共進警備保障』という会社で働いている者です。力丸と申します。先夜、わたしの同僚が映画監督の的場譲二をガード中に何者かに射殺されたので、その事件のことを調べてるんですよ」

「個人的に⁉」

「ええ、そうです。わたし、三年前まで刑事だったので……」

「そうなのか」

首藤が目を伏せた。『グロリア製薬』と癒着していることを後ろめたく感じているのだろう。

「首藤さん、裏取引しませんか？」

「唐突に何なんだ⁉」

「わたし、知ってるんですよ。首藤さんが『グロリア製薬』の新薬の許認可を通常よりもずっと早く与えたことをね」

「えっ」

「年内に発売予定の画期的なインフルエンザ治療薬のことですよ。多分、治験年数を改ざんして、早く許認可を出したんだろうな」

「そんなことはしてないっ」

「あなたは、『グロリア製薬』が所有してた伊豆高原の二千坪の土地を超安値で譲り受けてる。知ってるのは、それだけではありません。あなたは紀尾井町の老舗料亭で『グロリア製薬』の安宅正臣副社長と複数回、会ってる。『竜神会』の常盤組の組長が同席したこともありますね？」

「そ、そんなことまで知ってるのか⁉　わたしをどうする気なんだ？」

「あなたの収賄を告発する気はありません。その代わり、こちらは情報が欲しいんです。のっけに裏取引しませんかと申し上げたのは、そういう意味だったんですよ」

「先日の射殺事件の犯人を見つけ出す手がかりが欲しいんだね？」

「そうです。協力していただけなかったら、首藤さんと『グロリア製薬』が不適切な関係にあることをマスコミにリークすることになるでしょう」

　力丸は、やんわりと威した。

「困る！　それだけはやめてくれないか」

「あなたが『グロリア製薬』の新薬の治験期間を短縮して、謝礼を受け取ってたことなんか、実はどうでもいいと思ってるんですよ。あなたが情報を提供してくれるんだったら、警察、検察、マスコミには何も言いません」

「それ、約束してもらえるのか」

「ええ、約束します」

「それなら、話してしまおう。きみが言ったように、確かに『グロリア製薬』の新薬の許認可に便宜を図ってやったよ」

「謝礼はいくら貰ったんです？」

「一億円だよ。それから、伊豆高原の土地代金は実際には一円も払ってないんだ」

「そうですか。常盤は首藤さんと『グロリア製薬』が癒着してることをどこかで嗅ぎつけ、大手薬品メーカーを強請ったんでしょ？」

「そうなんだ。『グロリア製薬』は、すでに常盤組長に八億円を脅し取られてる。今後も、組長はたかりつづけるつもりなんだろう」

「『グロリア製薬』は弱みを握られてるんで、常盤の言いなりになってるわけですね？」

「そう。わたし自身も常盤に五千万円の口止め料を脅し取られたんだよ。そのうち残りの五千万も毟り取られてしまうかもしれないな」

「相手はやくざなんだから、そこまでやりそうですね。しかし、一億円をそっくり脅し取られたとしても、もともと首藤さんのお金ではなかったんだから、諦めはつくでしょう？」

「うん、まあ」

「常盤に首藤さんと『グロリア製薬』の癒着ぶりを教えた人物に心当たりはあるんでしょ？　わたしは、社会・援護局長が常盤恒雄にリークしたんじゃないかと推測してるんですよ」

「どうしてそういう推測をしたのかな」

「社会・援護局長は『竜神会』の竜崎会長が経営してる銀座の高級クラブの常連客らしいんですよ。それから、会長の姪の雇われママとは愛人関係にあるそうなんです」

「それなら、やっぱり杉浦が常盤組長に入れ知恵をしたんだな。なんて先輩なんだっ」

首藤が吐き捨てるように言った。

「その杉浦という方が厚労省の社会・援護局長なんですね？」

「そうだよ。杉浦基彦は東大法学部の一学年先輩で、旧労働省のキャリアの中で出世頭だったんだ。わたしは旧厚生省にいたんだよ。しかし、再編で厚生労働省になってからは杉浦先輩とは同僚になったんだ」

「いまは、どちらも局長のポストに就かれてますね。二人とも出世街道を突き進んでるわけだ」

「同じ局長だが、薬務局の局長のほうが要職なんだよね。杉浦先輩は逆だと主張してるが、それは負け惜しみさ」

「二人とも最終的には、事務次官まで登りつめたいと思ってるんでしょ？」

「当然だよ。杉浦先輩は一級下のわたしに先を越されたくないと考え、『竜神会』の関係者にわたしと『グロリア製薬』が癒着してることを喋ったんだろう。で、常盤組の親分が『グロリア製薬』から八億もの大金を脅し取ったみたいだな。いや、そうにちがいない。杉浦こそ『ドリーム・コーポレーション』という会社と癒着して、金品を受け取ってるようなんだ」

「銀座の『カノン』という高級クラブの勘定も毎回、その会社に付け回してるそうですよ」

「そうだろうね」

「どっちもどっちだな。杉浦の弱みを知ってるんだったら、それを切札にして、常盤を追っ払うこともできたでしょ？」

「しかし、相手は闇社会の人間なんだ。わたしだけではなく、『グロリア製薬』も……」

「ビビってしまったんですね？」

力丸は言った。首藤が無言でうなずく。

「杉浦局長が『ドリーム・コーポレーション』のケア付き高額老人ホームの許認可を早めてやって、公的な助成金のピンを撥ねてるって情報を摑んだんですよ。そのあたりのことで何かご存じではありませんか？」

「その話は事実だろうね。杉浦は少なくとも十億円近い金を『ドリーム・コーポレーション』から吐き出させてると思う」

「あなたのライバルの身内が何か事業でしくじって、大きな負担を抱え込んでしまったんだろうか」

「そういう話は聞いたことがないな。これは省内に流れてる噂なんだが、杉浦局長は新世紀出版の経営権を手に入れて、実父の杉浦謙造に保守系論壇誌『敷島ジャーナル』の発行人をさせてるらしいんだ。事実、『敷島ジャーナル』の奥付を見ると、発行人は杉浦謙造になってる」

「以前の発行人の神尾修司は典型的な国粋主義者で、右寄りの論客たちに毎月、過激な原稿を書かせてましたね。日本も核武装をして、北朝鮮、中国、ロシアに侮られないようにすべきだとアピールさせてた。さらに力ずくで北方領土を取り返し、専門職を持っていない外国人は速やかに排斥しようと繰り返してました」

「そうだったね。主幹の神尾は、進歩的文化人や言論人を名指しで社会の害虫だと斬って捨てるような発言をしてた」

「ええ、そうでしたね」

力丸は相槌を打った。護憲派の露木亜弥も槍玉に挙がっていた。

「大手出版社の総合月刊誌が軒並に休刊に追い込まれてしまったご時世だから、『敷島ジャーナル』を発行してる新世紀出版も経営危機に陥ってたんだ。主幹の神尾が体調を崩したこともあって、保守系オピニオン誌は廃刊される運命にあったんだよ。杉浦局長は民族派官僚なんで、『敷島ジャーナル』の存続を願ってたんだろうな」

「それで『ドリーム・コーポレーション』からせしめた金で、新世紀出版の経営権を手に入れたわけか」

「そうみたいだぞ。発行人は杉浦の父親の名になってるが、編集スタッフは変わってないようだよ」

「そうですか」

「北朝鮮が何度も弾道ミサイルの発射実験を強行し、核実験にも踏み切った。二度目の地下核実験でプルトニウム型の核実験は成功したようだ」

「そういう見方をされてるらしいですね。それから、小型化は時間の問題だという見方もされています」

「そうだね。北朝鮮が核・ミサイル開発に励むのは国際的に東アジアの小国と思われてることに腹を立て、〝核保有国〟であることを強調し、アメリカに一目置かせたいからだろう」

　首藤が言った。

「ええ、そうなんでしょう。対米交渉の目処（めど）がたたないんで、北朝鮮はずっと苛立（いらだ）ってきたからな。加えて最高指導者の健康不安があるし、後継者問題でも揺れてるんでしょう。対米関係が改善しない限り、国際機関などからの融資も受けられない。もたもたしてたら、国内の経済事情がさらに悪化するでしょう」

「ああ、その通りだね。ポスト金（キム）総書記をめぐる権力闘争も噂されてるから、軍部が暴走してしまうかもしれない」

「そうですね。日本政府が国連安全保障理事会に対して、北朝鮮への圧力を高める新たな決議の早期採択（さいたく）を求めたことは当然だし、経済制裁の追加発動も検討すべきでしょう。しかし、北朝鮮の暴挙に必要以上に怯(おび)えることはないんじゃないのかな」

「わたしも、そう思ってるよ。しかし、『敷島ジャーナル』の今月号の特集では、北朝鮮の脅威ばかりを強調してる。防衛省の元高官は、北朝鮮がミサイルの弾頭に核兵器を搭載できる能力を得たことで警戒を強めてる」

「現在の日本のミサイル防衛システムでは、わが国を狙った弾道ミサイルをすべて撃ち落とせる保証はありませんよね？」

「そうなんだ。イージス・アショアの設置場所もまだ決まっていない。だから、『敷島ジャーナル』の寄稿家たちは日本も、核武装すべきだと口を揃えてるんだよ。彼らの好戦的な発言で特集は埋まってるね。杉浦局長も、そう考えてるにちがいないよ」

「ええ、そうなんでしょうね。確かに北朝鮮の暴挙は、核兵器が世界に広がるのを防ごうという核拡散防止条約(NPT)の体制をさらに危ういものにしたことは間違いありませんが、日本も核兵器を持って対抗しようという考え方は短絡的ですよ」

「わたしも、保守系言論人たちの考え方は幼稚だと思うね。しかし、北朝鮮は自分らの主張が通らないと、駄々をこねて国際社会を脅し、一方的に譲歩を迫る。北朝鮮の傍若無人(ぼうじゃくぶじん)ぶりに呆(あき)れ、武力で対抗したくなる気持ちはわからなくないが、唯一の被爆国である日本は絶対に核兵器なんか持つべきじゃないよ」

「そうですよね。北朝鮮を動かせるのは、やはりアメリカでしょう。北朝鮮の後ろ楯(だて)

の中国は経済交流のことを考えて金（キム）体制を動揺させるような制裁を加えることは避けてるが、米朝の仲介に動くべきでしょう」

「そうだね。友好関係が崩れて北朝鮮の体制が混乱したら、多くの難民が中国側に押し寄せる。中国の国際問題研究所の教授たちは、核実験やミサイル開発に限定した制裁なら検討するかもしれないが、北朝鮮との経済交流自体はストップさせられないと言い切ってる。そんなこともあって、保守系の論客たちは中国やロシアも北朝鮮の暴挙を阻止できないだろうと思ってるんだ。だから、日本も核武装すべきだと声高（こわだか）に叫んでるんだよ」

「冷静さを欠（か）いてるな」

「その通りなんだが、北朝鮮の将軍や軍部が自滅覚悟で、アメリカの軍事同盟国である日本や韓国にいつか核ミサイルを撃ち込むことがまったくないとは言い切れない状況ではある。それだから、右寄りの連中は万が一のときに備えて核武装し、同時に急ピッチで核シェルターを造るべきだとも言ってるんだ。そのことを最初に『敷島ジャーナル』誌に書いたのは、民自党のタカ派国会議員の財部（たからべ）是典（これのり）なんだよ」

「そうなんですか」

力丸は短い返事をした。

七十一歳の財部は、防衛大臣と旧労働大臣を務（つと）めたことのある大物議員だ。頑固に保守主義を貫き、国会議事堂内で野党政治家たちと乱闘したことは一度や二度ではない。偏った歴史観をマスコミ関係者に述べ、閣僚を辞任させられたこともある。

「杉浦局長は財部が旧労働大臣を務めてたころから目をかけられ、ずっとつき合いがつづいてたんだ。財部は旧労働大臣のころは族議員のボス格存在で、関係企業にはだいぶ裏献金をさせてたようだね」

　首藤が言った。

「財部は右翼の大物や闇社会の首領たちとも親交があるし、検察庁や警察庁の偉いさんたちとも深い繫がりがあるみたいですよ」

「そのことは知ってる。杉浦局長は財部に政界に転じないかと何度も勧められたらしいが、政治家になる気はないようだな」

「それでも財部議員と親交を重ねてるのは、何かメリットがあるからなんでしょう」

「杉浦局長は財部是典の力を借りて、厚労省の事務次官のポストに就きたいと思ってるんだろう。本省のトップ官僚になれば、下手な国会議員よりも多くの余禄にありつけるからね。それから、若手議員たちには敬ってもらえる。勉強の足りない中堅国会議員にも頼りにされてるし、いろいろレクチャーする楽しみもあるだろう」

「元事務次官なら、天下り先も選り取り見取りでしょう」

「そうだろうな。その気になれば、二年ごとに特殊法人を渡り歩いて、辞めるたびに二千万円以上の退職金を貰える。ろくに仕事なんかしなくてもいいんだ。日本は官僚天国だよ。国家公務員総合職（旧Ⅰ種）試験に合格するにはそれなりの勉強をしなければならないが、有資格者(キャリア)になったら、後(あと)は楽なもんだ」

「しかし、出世レースは大変なんでしょ？」

「ああ、それはね。しかし、キャリア同士の足の引っ張り合いは一種の頭脳プレイだから、結構、愉(たの)しいんだよ。宿敵よりも優位に立てたときは、思わずガッツポーズを取ってしまうね」

「エリート役人たちがそれでいいんだろうか」

力丸は言葉に毒を含ませた。

「よくはないだろうね。しかし、政治家たちが本気で社会をよくしたいと考えてるとは思えないから、キャリア官僚のわれわれは本気で熱くなんてなれないよ」

「行政にいそしむよりも、企業に便宜を図ってやるほうが実益に繋がりますからね」

「耳が痛いね。いくらか『グロリア製薬』から貰った謝礼の一部を吐き出したほうがいいのかな。五百万円ぐらいだったら……」

「首藤さん、わたしを怒らせたいのかっ」

「そんなつもりはないよ。しかし、杉浦に関する情報を教えただけじゃ、なんか安心できないんだ。残ってる五千万円のうち、一千万円を差し上げよう。その代わり、わたしが新薬のインフルエンザ治療薬の治験期間を短縮して早く許認可を出してやったことを他言しないでほしいんだ。頼むよ」

首藤が拝む真似をした。

力丸は地面に唾を吐き、首藤に背を向けた。

3

滑車が回りはじめた。

吊るされた常盤組長の体が下がっていく。組長の真下には、巨大な肉挽き機が置いてある。特注品のミートチョッパーだった。

力丸は滑車のロープを両手で握っていた。

『共進警備保障』の子会社の倉庫の地下室である。力丸の近くには、陸自のレンジャー隊員崩れの笠玲太がいた。ほかには誰もいない。

力丸は首藤局長と別れてから笠と合流し、愛犬を散歩させていた常盤を新宿区下落合二丁目の路上で拉致して、江東区有明にある子会社の倉庫に監禁したのだ。組長のボディガードを務めていた若い組員は笠が失神させ、常盤の愛犬の柴犬は力丸が追っ払った。

「てめえら、どこの組の者なんでえ！」

「吼えるなよ、おっさん」

笠が言い返し、常盤の体を押し回した。両手首を括られた常盤が揺れながら、回転しはじめた。ロープが軋み音をたてる。

「ミートチョッパーの中に落とされたくなかったら、おれが訊いたことに正直に答えるんだ。いいな？」

力丸は常盤を見上げた。体の揺れは小さくなっていた。

「おめえら、おれを誰だと思ってやがるんだっ。このままじゃ、済まねえぞ。てめえら二人を生コンで固めてやる！」

「すぐミンチにしてもらいたいらしいな。やくざ者の臭い肉じゃ、豚も喰わないかもしれない。そうなら、蝦蛄や穴子の餌にしてやるか」

「何を知りてえんだ？」

「あんた、厚労省の首藤薬務局長と『グロリア製薬』が癒着してる事実を恐喝材料にして、大手薬品メーカーから八億円を脅し取ったなっ」

「いまは企業恐喝なんてやれる時代じゃねえよ」

常盤が答えた。

力丸は無言で手を緩めた。滑車が勢いよく回り、組長の体が二メートルほど下がった。両足は巨大な肉挽き機から四、五十センチしか離れていない。

「ミートチョッパーを早くどかしてくれ。そしたら、本当のことを喋らあ」

「でっかい口をきくなら、すぐ挽き肉にするぞ」

「わかったよ。肉挽き機はそのままでいいから、滑車でおれをもっと高く吊り上げてくれ。なんか落ち着かねえんだ」

「まだ偉そうなことを言ってるな。もう何も答えなくてもいいよ。念仏でも唱えろ！」

「お、おれが悪かった。謝るよ。このままでいい。確かに『グロリア製薬』から、八億円ほど貰ったよ。あの会社が首藤に鼻薬をきかせて、インフルエンザ治療薬の許可を不正な方法で得たことを知ったんでな。『グロリア製薬』は治験年数を大幅に短縮してたんだ。たいした副作用は出ねえと判断したんだろうが、不正は不正だよな。だからさ、まず首藤を脅して、あの局長に『グロリア製薬』に口止め料を出すよう働きかけさせたんだ」

「弱みのある『グロリア製薬』は副社長の安宅正臣を交渉に当たらせ、紀尾井町の老舗料亭にあんたを招いて、何度かに分けて計八億円の口止め料を払ったんだなっ」

「そうだよ」

「さらに金を脅し取るつもりだったんだろう？」

「それは想像に任せらあ」

「欲が深い奴だ。恐喝材料を提供してくれたのは、首藤のライバルの杉浦基彦社会・援護局長なんじゃないのか？」

「それは……」

「ミンチになりやがれ！」

「ま、待ってくれ。そうだよ」

「『竜神会』の企業舎弟(フロント)は首都圏で百二十カ所の無届け老人ホームを運営し、あまり豊かではない入居者たちに満足に食事も与えないで、暴利を貪(むさぼ)ってきた。しかし、厚労省は行政指導をしないどころか、あんたに恐喝材料まで与えた。杉浦局長は『竜神会』の息のかかった奴らを使ってシングルマザーたちに生活保護費受給を辞退させたり、ホームレスや老人たちを毒殺させてた。それが弱みになったわけだ。杉浦は税金の無駄遣いを減らして、少しでも厚労省の年間予算を余らせ、優秀な官僚という評価を得たかったんだろう。そうして点数を稼げば、強敵の首藤局長よりも早く事務次官のポストに就(つ)けると考えたんだろうな」

「そのあたりのことはよくわからねえけど、大筋はその通りだよ。おれは竜崎会長の指示に従って、世の中のお荷物になってる役立たずを少し減らしてやったんだ」

「杉浦も局長の役職を悪用して、『ドリーム・コーポレーション』のために便宜を図ってやり、公的助成金の何割かを撥(は)ねてた。その汚れた金で、新世紀出版の経営権を手に入れた。杉浦基彦は、タカ派国会議員の財部是典とつるんで何か企んでるんじゃないのかっ」

「おれは、そのあたりのことは知らねえんだ。本当だって。竜崎会長や『カノン』のママあたりは、杉浦さんが何を考えてるのか知ってるんだろうけどな」

常盤が言って、大きな溜息をついた。

「どうした？」

「おれは何もかも喋っちまった。そのことが竜崎会長に知られたら……」

「消されることになるだろうな」

「こうなったら、国外逃亡するほかねえな。おたくらのことは誰にも言わねえから、目白の家に帰らせてくれねえか。大急ぎで高飛びする準備をしなきゃならねえからさ」

「フィリピンかタイに逃亡したところで、いずれ見つかるだろう」

「かもしれねえけど、まだ死人になりたくねえんだよ。とりあえず愛人を連れて、一日も早く日本を発ちてえんだ。見逃してくれたら、おたくらに二千万円ずつ礼をするよ」

「ヤー公は、やっぱり屑だな。銭で何でも片がつくと思ってやがる」

笠が口を挟んだ。

「わかったよ。三千万ずつ払ってやらあ」

「殴るぞ、おっさん！」

「五千万ずつ出せってか⁉」

「組長、わかってないな」

力丸は嘲笑した。

「え？」

「おれも金は嫌いじゃないよ。不労所得が懐に転がり込むのはありがたいことだ」

「だったら、三千万ずつで手を打ってくれや」

「黙って聞け！　あんたは舎弟頭補佐の荒垣に下剤だと偽って、青酸カリを渡した。荒垣はその毒物を準構成員の下平に手渡したわけだが、そのことによって、炊き出しのカレー丼を喰ってしまった路上生活者や失業者たちが大勢死んだ」

「青酸カリと正直に言ったら、荒垣がビビるかもしれねえと思ったんだよ」

「悪党なら、自分の手を汚せ！　下の者を実行犯にして、てめえは罪を免れようとする根性が赦せないな。ほかの下部組織の組長たちも下っ端の奴らに亜砒酸を渡して、特養ホームの老人たちを死なせたにちがいない。そうなんだな」

「ああ、そうだよ。おれたちはそれぞれ組を構えてるから、若い衆の面倒を見なくちゃならねえんだ。親分としての責任があるから、てめえ自身が犯行を踏むわけにはいかねえんだよ」

常盤が言い訳した。

「きれいごとを言うな！　あんたたちは狡い卑劣漢にすぎない。シングルマザーの中には生活保護費を受けられなくなったんで、幼い子たちを道連れにして無理心中をした者もいるんだぞ」

「シングルマザーたちには、風俗店を紹介させたはずだけどな」

「無理心中せざるを得なかった母親は、金よりも自尊心を選んだんだよ。金よりも大切なものがあるんだ、人間にはな。そんな当たり前のことをあんたは忘れてる」

「だから？」

「そんな野郎は生きる値打ちもない。くたばったほうが世のためになるだろう」

「えっ、もしかしたら、このおれを殺す気でいるのか⁉」

「そういうことだ」

力丸は言い放ち、笠に目配せした。笠が肉挽き機のスイッチを入れる。モーターが唸りはじめた。

「殺さねえでくれーっ。警察に出頭するよ。だから、おれをミンチにしないでくれ。頼む、一生のお願いだ」

常盤が涙声で命乞いした。

笠が冷ややかに笑い、ミートチョッパーから遠ざかった。それを見届け、力丸は口ープから両手を放した。

常盤は巨大な肉挽き機の中に吸い込まれた。数秒後、血しぶきと小さな肉片が舞い上がった。わずか五、六分で、常盤はミンチと化した。

ミートチョッパーの上部の強化ガラスに微細な頭髪と布の残滓がへばりついていた。肉挽き機の太いパイプは、下水道に繋がっている。

笠がリモコン操作して、ミートチョッパーの中味を下水道に送り込んだ。すぐに肉挽き機の内部を洗浄する。ミートチョッパーはきれいになったが、あたり一帯に濃い血の臭いが漂っていた。

「悪党に墓標はいらない」

笠が歌うように呟いた。

「何だ、それは?」

「学生のころに読んだ痛快ハードボイルドのタイトルですよ。主人公の牧師が極悪人どもをマシンガンで皆殺しにした後、必ず呟く決め台詞です。ストレス解消には持ってこいの小説でしたね」

「現代人は誰もが疲れてる。そういう息抜きは必要だろうな」

「そう思います。主任、次は竜崎会長を吊るすんでしょう? 杉浦がてめえの悪さを的場監督に知られたんで、『竜神会』の元締めに泣きついたに決まってますよ。で、竜崎が刺客に的場とガード中の香取を始末させたんでしょう」

「そうなのかもしれないが、おれは杉浦局長と民自党の財部議員が共謀して何かとんでもない悪さをしてるような気がしてるんだ。竜崎をミンチにするのは、まだ早いな」

「わかりました」

「そっちは会社に戻って、村上や雨宮と分担を決め、竜崎、杉浦、財部の三人をマークしてくれ。おれは新世紀出版に行って、探りを入れてみる。密に連絡を取り合おう」

「了解！」

「別々に出たほうがいいな。おれが先に出るよ」

力丸は笠に告げ、すぐ表に出た。

倉庫街には人影がなかった。力丸はクラウンに乗り込んだ。まだ正午前だった。

新世紀出版が千代田区神田神保町にあることは、すでに調べ上げている。力丸は車を走らせはじめた。

それから間もなく、倉庫ビルの間から灰色のアリオンが滑り出てきた。

力丸はミラーで、後続の車のナンバープレートを見た。数字の頭に、さ行の文字が付いている。それで、警察車輌とわかった。

アリオンには二人の男が乗っていた。どちらも三十代の半ばに見えた。強面だった。暴力団係の刑事だろう。

どこからマークされていたのか。常盤組長を車に押し込んだ直後から、尾行されていたのだろうか。そうだとしたら、厄介なことになる。

力丸は犯行を目撃されていないことを祈りつつ、アクセルペダルを深く踏み込んだ。アリオンもスピードを上げた。

東雲一丁目の交差点を左折し、東雲橋の手前を右に曲がる。近くにある辰巳団地内で尾行を撒く気になったのだ。ショッピングセンターの横を抜け、辰巳橋を渡る。目の前には団地棟が並んでいる。敷地はかなり広大だった。

力丸は団地の外周路から棟の間を抜け、幾度も右左折した。覆面パトカーは執拗に追跡してくる。

力丸は辰巳団地を出て、三ツ目通りに入った。塩浜まで直進し、脇道に入ってガードレールにクラウンを寄せる。

力丸は運転席から出て、セブンスターをくわえた。ふた口ほど喫いつけると、アリオンが接近してきた。捜査車輛はクラウンの三十メートルほど後方に停止した。アリオンから二人の男が相前後して降り、大股で歩み寄ってくる。

力丸は、火の点いた煙草を親指の爪で弾き飛ばした。火の粉が散る。

セブンスターは片方の男の足許に落ちた。相手が眉根を寄せ、靴の底で煙草の火を踏み消した。腹立たしげだった。

「ありがとうよ。おたくらの所属は？」

力丸は、セブンスターを踏み潰した男に顔を向けた。

「本庁の組対部の者だ。なんで逃げた？」

「逃げたわけじゃない。人目につかない場所で職務質問を受ける気になっただけさ。警察手帳を見せてくれ」

「いいだろう」

煙草の火を消した男が、ＦＢＩ式の顔写真付きの警察手帳を呈示した。黒瀬亮という名だった。連れも警察手帳を開いた。柴清貴という名だった。

「おれが三年前まで刑事だったことは、もう知ってるよな？」

力丸は黒瀬に確かめた。

「ああ、知ってる。おたくは覚醒剤中毒の女をわざと逃がして、職を失った。表向きは懲戒免職処分扱いはされてないが、いわゆる悪徳警官だったわけだ」

「黒瀬だったかな？」

「気やすく呼び捨てにしないでもらいたいね」

「いいじゃないか。おれは警察のＯＢなんだから。それはそうと、なんでこっちを尾行してたんだ？」

「おたくが常盤組の組長を共犯者と一緒に拉致したという密告があったんだよ。おそらく組の幹部が電話してきたんだろう」

黒瀬が言った。

力丸は黙っていたが、相手の嘘をすぐに見抜いた。裏社会の人間が警察に泣きつくことは、まず考えられない。組長が何者かに拉致された事実は、間違いなく恥になる。やくざは面子（メンツ）に拘（こだわ）るものだ。

そのことが闇社会に知れ渡ったら、物笑いにされる。ましてや警察の力に縋（すが）ろうとしたという噂が広まったら、それこそ二重の恥だ。

常盤組の幹部が警察を頼るわけがない。味方の中に内通者がいることは、もはや疑いの余地はなかった。

常盤を拉致することは、海老沢室長を含めて要人護衛室（VIP）のメンバーしか知らないはずだ。裏切り者は、やはり村上伸吾なのか。残念ながら、否定する材料がない。

力丸は胸の裡（うち）が厚く翳（かげ）った。

「どうなんです？」

柴刑事が口を開いた。

「偽情報（ガセネタ）に振り回されるようじゃ、まだまだだな」

「身に覚えはないってことなんですね？」

「そうだよ。おれは三年前から、民間ＳＰをやってる。顧客のガードを仕事にしてる人間が誰かを拉致したりするもんか。おれが組長を連れ去るところを目撃した奴がいるのか？」

「目撃証言はありません」

「そうだろうが！」

力丸は喋りながら、ひとまず安堵した。犯行を誰にも見られていないなら、なんとかシラを通せるだろう。

「しかしね、『共進警備保障』に関しては悪い噂が耳に届いてるんだよ」

黒瀬が言った。

「悪い噂だって？」

「ああ、そうだ。警察ＯＢの穂積社長が要人護衛室の海老沢室長に命じて、あんたたちメンバーに犯罪者狩りを密かにやらせてるって噂があるんだよ。私的な裁きはよくないことだろうが！　制裁を加える前に相手の金をそっくり奪ってるというんだから、凶悪な犯罪だ。あんたらは正義の味方と思ってるのかもしれないが、それは独善的な考えだね。単なる無法集団さ」

「その噂は悪質なデマだよ。中傷さ。うちの会社はわずか十年で急成長したんで、同業者たちにやっかまれてるんだ」

「疚しさがないんだったら、おたくがいた倉庫の中を見せてもらいたいな」

「やくざの組長が庫内のどこかに監禁されてるかもしれないと考えてるんだろうが、そうした臆測や推測は迷惑だな。どうしても倉庫の中をチェックしたいんだったら、裁判所から捜索令状を貰ってくれ」

「ご協力願えないか。それなら、おたくに任意同行してもらいたいな」

「そいつは断る。公安部がよく使う反則技を使っても、元刑事のおれには通用しないぞ」

「わざと転んで、公務執行妨害罪なんて小狡い手は使わない。別件の証拠を揃えて、堂々とおたくに手錠打ってやる」

「できるかな?」

「やりますよ」

黒瀬が柴を目顔で促し、覆面パトカーに駆け戻った。ほどなくアリオンが走り去った。

力丸はクラウンに乗り込むと、海老沢室長に電話をかけた。常盤恒雄を葬ったことを告げ、その後の経過も報告する。

「そういうことなら、内部に裏切り者がいるな。誰なんだろうか」

「室長、村上の私生活のことを子会社の調査会社の者にチェックさせてください」

「村上が内通者だったのか⁉」

「その疑いはあると思います」

「なぜ？　なんで村上はわれわれを裏切らなければならなかったんだね」

「何か事情があったんでしょう。それはそうと、旧メンバーに倉庫の大型肉挽き機を急いで片づけさせてほしいんですよ。もちろん、滑車も取り外してもらってください。血痕も消すよう頼んでくださいね」

「わかった。警察が身辺に迫ったことは村上以外のメンバーに教えて、気を緩めないよう言っておく」

室長が通話を切り上げた。

力丸は車をスタートさせた。新世紀出版に着いたのは、およそ三十分後だった。老朽化の目立つ四階建ての小さなビルは神保町の裏通りにあった。

力丸は軍事ジャーナリストを装って、いまも『敷島ジャーナル』の編集責任者である神尾修司との面会を求めた。別段、怪しまれなかった。

力丸は三階の社長室に通された。元のオーナーの神尾は古ぼけた執務机に向かって、何か書類に目を通していた。

力丸は神尾に偽名刺を手渡し、大物右翼の元書生だったと嘘をついた。

「薬丸大膳先生には、わたしも若い時分にとてもよくしてもらったんだよ。さ、掛けてくれたまえ」

神尾が机から離れ、力丸をソファセットに導いた。二人はコーヒーテーブルを挟んで向かい合った。

「愛読してる『敷島ジャーナル』が休刊になるかもしれないという噂を耳にして、心配になって伺(うかが)ったんです」

「会社が倒産しかけたことは事実だが、もう大丈夫だよ。厚労省の杉浦局長が経営権を買ってくださって、『敷島ジャーナル』を出しつづけてほしいとおっしゃってくれたんだ。発行人は杉浦さんのお父上に変わったが、それは表向きのことで、わたしが編集権を持ってるんだよ」

「それはよかった。来月号でも、北朝鮮の数々の暴挙を痛烈に批判する特集を組んでほしいですね」

「毎月、告発キャンペーンはやるよ。北の暴君は自滅覚悟で、そう遠くない日に韓国に攻撃を仕掛けるよ。そして、日本に対しても核兵器を使用するだろう。日本のみんなは平和ぼけして楽観的に構えてるが、恐ろしい状況なんだ」

「わたしも、そう思っています。日本も核武装して、場合によっては先制攻撃すべきでしょうね」

力丸は、好戦的な保守主義者を演じた。

「きみの言う通りだ。新しいオーナーの杉浦さんもそう考えてるし、彼の後見人とも言える財部是典先生は採算を度外視して、核シェルター建設会社を興したんだよ。注文は徐々に増えてるそうだ。北朝鮮が何回も核実験を強行したんで、公的機関は当然だが、大企業はどこも核シェルターを設置する気になるだろう」

「そうなったら、財部議員の核シェルター建設会社は大儲けできますね」

「きみ、そういう見方をしてはいけないな。薬丸大膳先生よりは小粒だが、財部先生も憂国の士なんだ。金儲けをしたくて、核シェルターの必要性を説いて回ってるわけじゃないはずだよ。あくまでも敷島の美しい国土と同胞を救うため、事業に乗り出したにちがいない」

「そうなんでしょうね」

「杉浦さんだって、私利私欲で経営危機に陥ってた新世紀出版に投資したんじゃないだろう。ラジカルな言論に惑わされる一般大衆がこれ以上増えたら、この日本は堕落した腰抜けに成り下がってしまうから、なんとかしなければと起ち上がってくれたんだろう。彼はキャリア官僚だが、気骨のある国士だからね」

神尾が誉めちぎった。

危うく力丸は反論しそうになって、慌てて言葉を飲み込んだ。

「杉浦さんはこの国を救いたくて、あちこちから借金をして、この会社の経営権を買ってくださったんだ。それなのに、彼が『ドリーム・コーポレーション』に便宜を図って、巨額の謝礼を貰ったなんて言う奴もいた」

「誰がそんなことを言ってるんです？」

「こないだ殺害された映画監督の的場譲二だよ。的場はテレビのドキュメンタリー番組を手がけることになったんで、シングルマザーたちを取材してたらしいんだ。それで弱者切り捨てに杉浦さんが関わってると睨（にら）んで、ずっと彼をマークしてたようなんだよ」

「それで？」

「的場監督は、杉浦さんがライバル関係にある首藤薬務局長が『グロリア製薬』と癒着して甘い汁を吸ってることを『竜神会』の二次団体の常盤組の組長に教え、首藤と大手薬品メーカーを脅迫するように仕向けたと断言したんだ。それだけじゃない。杉浦さんこそ『ドリーム・コーポレーション』と癒着し、公的助成金のピンを撥（は）ねて私腹を肥してるとも言ってたんだよ。そういう汚れた金で、新世紀出版の経営権を手に入れたんだとも言ってたね」

「その話は事実なのかな？」

「でたらめだと思うが、的場監督は証拠があるような口ぶりだったよ」

「そうですか。神尾さんは、その話を杉浦という局長に話したんですか？」

「ああ、話したよ。まるっきり身に覚えがない話ばかりだと杉浦さんは苦く笑ってたな」

「その後、的場監督は何者かに射殺されたんでしょ？」

「そうだが……」

「映画監督の話は、まるで根拠のない話じゃなかったのかもしれませんよ。杉浦局長は何か後ろめたさがあったんで、『竜神会』に的場の抹殺を依頼したとも考えられるな」

「きみ、何を言い出すんだ⁉　杉浦さんは、そのへんのごろつきじゃない。キャリア官僚なんだぞ。それに、国士でもある。犯罪に手を染める人物じゃないよ」

「そうなんでしょうか」

「きみは本当に薬丸大先生の所で書生をしてたのか。なんか怪しいな。電話で大先生に確認してみよう」

神尾がソファから立ち上がって、執務机に走った。後ろ向きに立って、せっかちに受話器を取り上げた。

力丸はそっと社長室を出て、階段を駆け降りはじめた。

4

テンキーを押し終えた。

力丸は集合インターフォンから少し離れた。

高級賃貸マンション『参宮橋アビタシオン』である。八階建ての洒落たマンションは、小田急線参宮橋駅のそばにあった。

四〇五号室の入居者は、杉浦局長の愛人の井出理佳だ。銀座の高級クラブ『カノン』のママで、『竜神会』の竜崎会長の姪でもある。

「どちらさまでしょう?」

スピーカーから、しっとりとした女性の声が流れてきた。

「警察の者です。井出理佳さんですね?」

「はい、そうです」

「警視庁捜査二課の鈴木です」

力丸は、ありふれた姓を騙った。

「わたし、何も悪いことはしておりませんけど……」

「ここに来る前に神保町の新世紀出版に寄ってきたんですよ。あなたと親しくされてる厚労省の杉浦局長が新世紀出版の経営権を買われたことは当然、ご存じでしょ?」

「ええ、その話は聞いています」

「経営権を買った金がきれいじゃない疑いが濃くなってきたんですよ」

「彼が、杉浦さんが犯罪絡みの汚れたお金で新世紀出版の経営権を手に入れたというんですか⁉」

「おそらく、そうだったんでしょうね。そんなことなんで、井出さんに捜査に協力してほしいんですよ。お手間は取らせません」

「わかりました。いまエントランスのオートドアを解除しますので、エレベーターで四階にお上がりください」

理佳の声が途絶(とだ)えた。

力丸はエントランスロビーに入った。床は大理石だ。照明器具もゴージャスだった。エレベーターは二基あった。

力丸は四階に上がり、四〇五号室のドアフォンを鳴らした。

待つほどもなく理佳が応対に現われた。色っぽい美人だった。肌が抜けるように白い。力丸は模造警察手帳を見せ、四〇五号室に入った。

通されたのは二十畳ほどの広さのリビングだった。総革張りのソファセットは外国製だろう。間取りは２ＬＤＫのようだが、各室が広い。専有面積は八十平米(へいべい)前後なのではないか。

「どうぞお掛けになってください」

理佳が力丸に言い、ダイニングキッチンに足を向けた。力丸はソファに腰を沈めた。坐り心地は満点だった。

理佳が洋盆を捧げ持って、擦り足で居間に戻ってきた。洋盆の上には、二つのゴブレットが載っている。中身はコーラだった。

「恐縮です」

力丸は軽く頭を下げた。理佳が飲み物を卓上に置き、向かい合う位置に坐った。

「この部屋の家賃は、『ドリーム・コーポレーション』が肩代わりしてるという情報もあるんですが……」

力丸は鎌をかけた。

すると、部屋の主がうろたえた。図星だったようだ。

「やっぱり、そうだったか。いつから『ドリーム・コーポレーション』に家賃を払ってもらってるんです?」

「彼と親しい間柄になった翌月からですので、かれこれ一年半になります。杉浦さんが『ドリーム・コーポレーション』の節税対策に協力してやってくれと言うんで、家賃を先方さんに払っていただくことにしたんです。ここは、あの会社の資料室ってことになってるんですよ」

「杉浦さんがなぜ『ドリーム・コーポレーション』の節税対策に協力したのか。あなた、それを考えたことがあります?」

「わたし、大雑把な性格なので、そういうことはあまり深く考えたことがないんですよ」

「さすが『カノン』のママだな。上手な逃げ方をされる。この際、はっきり申し上げましょう。あなたの彼氏は『ドリーム・コーポレーション』にいろいろ便宜を図ってやって、あの会社が受けた公的助成金の何割かを撥ねてる。ピンハネで得た金で、新世紀出版の経営権を買ったんでしょう。そのことは、井出さんも知ってたはずだがな」

「いいえ、わたしは何も知りませんでした」

「ま、いいでしょう。あなたの母方の伯父は、『竜神会』の竜崎会長ですね？」

「そうですけど、わたし自身は伯父の組織とは何も関わりがありません」

「とは言い切れないでしょう。あなたは、竜崎会長が深く関わってる銀座の高級クラブの雇われママをやってるわけだから」

「そうですけど、わたしは『竜神会』のことは何も知らないんですよ。伯父は『カノン』に構成員の方たちが出入りすることを禁じていますので、百パーセント、正業なんだと思います」

「話を杉浦さんのことに戻します。厚労省の薬務局長をやってる首藤という男は杉浦さんの東大法学部の一級後輩で、ライバルなんですよ。あなたのパトロンは後輩よりも先に事務次官になりたいと考えてたようで、首藤局長が『グロリア製薬』と癒着して巨額の賄賂を受け取ってたことを常盤組の組長に漏らしてたんです」

「えっ、そうなんですか⁉」

「それは間違いありません。常盤は『グロリア製薬』から八億円を脅し取り、首藤局長からも五千万円の口止め料をせしめてる。杉浦さんがわざわざ首藤の収賄(しゅうわい)の事実を常盤組長に教えたのは、恐喝材料を与えて恩を売っておきたかったんでしょう。常盤個人にということではなく、『竜神会』に企業恐喝で儲けさせて、自分の頼みごとを聞いてほしかったんだろうな」

力丸は、杉浦が『竜神会』に弱者狩りをさせた狙いを詳しく語った。

「彼が事務次官になりたくて、そんな恐ろしいことを伯父たちに頼んだなんて話は信じられません」

「そう思いたいだろうが、さきほど喋ったことは作り話じゃない。あなたの彼氏は、自分の犯罪を看破(かんぱ)した映画監督の的場譲二とガード中の香取という男の二人を誰かに射殺させたようなんですよ」

「そ、そんなひどいことをしただなんて……」

理佳が絶句した。

「杉浦基彦は財部議員と組んで、ほかにも悪事を働いてる疑惑があるんですよ。そのことで何か思い当たりませんか？」

「そういえば、財部先生は核シェルター建設会社が忙しくなったら、官僚を辞めて経済界に進出するかもしれないと言ったことがありました。かなり深酒した夜にね」

「金の亡者になる気でいるんだろうか」

「いいえ、そうじゃないみたいでしたよ。進歩的文化人の言動に惑わされる人間が絶えないんで、全マスコミを支配して、言論をコントロールする必要があるんだと言ってました。そのためには莫大な軍資金がいるんだとも洩らしてましたね。その目標額に達するまで、あらゆる手段を用いて、敵と手を組むことも厭わないと呟いてました」

「そう。あなたの彼氏は財部と共謀し、この国の右傾化を強めたいと考えてるようだな」

「そうなんでしょうか」

「杉浦局長にここに来てもらって、直に訊いてみましょう。あなたに電話をかけてもらっても、素直にはやって来そうもないな」

力丸はソファから立ち上がって、コーヒーテーブルを回り込んだ。理佳が身構えた。

「急にどうしたんです？」

「悪いが、下着だけになってくれないか」

「あなた、わたしを……」

「穢したりする気はない。ただ、人質になってもらいたいだけだ。ランジェリー姿になってくれと言ったのは、逃げられては困るからさ」

「あなた、刑事じゃないのね。いったい何者なの？」

「事情があって、正体を明かすことはできないんだ。しかし、あなたにおかしな真似はしないと誓う」

「わたし、絶対に下着だけになんかなりませんよ」

「なら、仕方がない」

力丸は理佳の腕を掴んで、力ずくでソファから立ち上がらせた。すぐに当て身を見舞う。

理佳が呻きながら、ソファに頽(くずお)れた。力丸は理佳のブラウスとスカートを手早く剝(は)いで、サイドテーブルの上にあるパーリーピンクのスマートフォンを掴み上げた。

そのとき、理佳が息を吹き返した。

「乱暴なことをして済まなかった。どうしても協力してもらいたかったんでね」

「こんな野蛮なことをする男は赦(ゆる)せないわ。伯父にあなたのことを話して、絶対に懲(こ)らしめてもらうからね」

「好きなようにすればいいさ。杉浦に電話して、すぐにこの部屋に来るよう言ってくれないか。いや、待てよ。電話が繋がったら、おれが直接、杉浦と話をしよう」

「彼に電話なんかかけないわ」

「女に手荒なことはしたくなかったんだがね」

力丸は言うなり、バックハンドで軽く理佳の頬を殴りつけた。肉と骨が鳴り、理佳はソファから落ちそうになった。

力丸は素早く理佳の体を支え起こした。

「ごめん！　仕方がなかったんだ」

「女をぶつ男なんて最低だわ」

「その通りだな。しかし、言われた通りにしてくれなかったら、今度は拳で殴ることになる。おれは学生のころ、ボクシングをやってたんだ。下手したら、頬骨が砕けてしまうだろうな」

「彼をどうする気なの？　警察に突き出すつもりなら、わたし、死んでも電話はかけないわよ」

「警察には引き渡さない」

「本当なのね？」

「ああ、約束は守る」

「そういうことなら、いいわ」

理佳がスマートフォンのアイコンに触れた。ほどなく電話は通じた。

力丸は、理佳のスマートフォンを奪い取った。

「理佳、どうしたんだ？」

「杉浦基彦だな？」

「そうだが、きみは誰なんだっ」

「自己紹介は省かせてもらう。『カノン』のママは、いまブラジャーとパンティーしか身に着けていない」

「なんだって⁉　き、きさま、理佳の部屋に押し入って、彼女の体を弄んだのかっ」

「安心しろ、レイプなんかしてない」

「本当だな？」

「ああ。いまから一時間以内に愛人の部屋に来い。『竜神会』の者に救いを求めたら、
　井出理佳をベランダから投げ落とす」

「そんなことはしないでくれ」

　杉浦が悲痛な声で哀願した。威しが利いたようだ。

「どのくらいで、こっちに来られる？」

「四十分前後で行けるだろう」

「それじゃ、待ってる」

　力丸はスマートフォンを理佳に返した。

「彼がもしも来なかったら、わたしをベランダから投げ落とすつもりなの？」

「そんなことはしないよ。ただの威しさ」

「あなたは向こう見ずね。わたしが人質に取られたことを知ったら、伯父は黙っていないわ。多分、あなたは殺されることになるでしょうね」

理佳が言った。力丸は曖昧に笑い返した。

そのすぐ後、笠から電話がかかってきた。

「いま成田空港にいるんですが、竜崎会長が単身でシンガポールに行くようなんです。出国手続きをしている最中です。見送りの若い者が二人いますが、竜崎の身柄を確保したほうがいいんじゃないのかな」

「いや、そのまま出国させろ。いま会長を押さえたら、財部に高飛びされるかもしれないからな」

力丸は居間から玄関ホールに移動し、理佳を人質にして、杉浦を誘き出そうとしていることを話した。

「杉浦は単独で『参宮橋アビタシオン』に行きますかね。『竜神会』の人間に理佳を奪還させようとしそうだな。主任、ひとりじゃ危険ですよ。誰か助っ人要員を呼んだほうがいいと思います」

「心配ないって。おまえは雨宮のサポートに回ってくれ」

「了解しました」

笠が電話を切った。力丸は居間に戻って、理佳に問いかけた。

「そっちの伯父さんは、シンガポールに知り合いがいるのか？」

「どうして急にそういう質問をするの？」

「竜崎会長が単身で、シンガポールに出かけようとしてるという情報が入ったんだ」

「伯父は、シンガポール在住の長男に会いに行ったんでしょう。従兄の敏が外国企業の特許権の売買をやってるの」

「その従兄のことを詳しく教えてくれ」

「三十四歳で、まだ独身よ。でも、シンガポール在住のオーストラリア人女医と半同棲してるみたい。従兄の恋人は、確かマーガレット・トレーシーという名だったわ。金髪美人らしいけど、わたしはまだ会ったことないの」

「そうか。竜崎敏は日本の会社に勤めてから、起業したのかな？」

「いいえ。わたしの従兄は日本の有名私大を出ると、ハーバード大に留学して外国企業に勤めた後、三年前に独立したの。伯父は優秀な息子を自慢に思ってるし、頼りにもしてるんですよ」

「そうか。やくざの親分も、人の子の親なんだな」

「杉浦さんは来てくれるんでしょ？」

「四十分前後で来ると言ってたが、果たして現われるかどうか」

「わたしは絶対に来てくれると信じてるわ。杉浦さんは、奥さんよりもわたしのことを大切に想ってると言ってくれたんだから、来てくれるはずよ」

「だといいがね。学校秀才の多くはエゴイストだから、他人のことより自分のことを考えるだろう。となれば、おそらく……」

「やめてちょうだい、そんな話は！」

理佳が両手で耳を塞いだ。

力丸はダイニングキッチンに移り、食堂テーブルに向かった。下着姿の人質と向かい合って杉浦を待つのは、なんとなく気詰まりだ。

食堂テーブルの上には、クリスタルの灰皿が載っていた。フィルターに口紅の付着したヴァージニア・スリムライトの吸殻が三本入っている。

「煙草、喫わせてもらうぞ」

力丸は部屋の主に断って、セブンスターをくわえた。ゆったりと紫煙をくゆらせながら、杉浦がやくざ者を従えてきたときの対処の仕方を考えはじめる。

理佳を楯にしながら、襲撃者たちをぶちのめす。そういう作戦がベストだろう。人質は竜崎会長の姪だ。組員たちはそれを考慮し、荒っぽい方法で理佳を奪い返そうとはしないにちがいない。なんとか荒くれ男たちの動きを封じることはできそうだ。

しかし、肝心の杉浦は愛人の部屋に来るだろうか。キャリア官僚は二十歳以上も若い理佳の美貌と熟れた肉体に魅せられているだけなのではないか。そうならば、保身から愛人の期待を裏切るかもしれない。

そんなことをしたら、間違いなく理佳はパトロンの許を去るだろう。杉浦は、そこまで覚悟しているのか。まだ理佳に未練があれば、駆けつけるはずだ。予想は五分五分だった。

一服し終えた直後、ニュースキャスターの露木亜弥から電話があった。

「もう射殺犯はわかったの？」

「殺しを指示した奴の見当はついてるんだが、実行犯の顔は透けてきてないんだ。それから、首謀者たちの謀の全容もね」

「そう。事件解明の手がかりになるかどうかわからないけど、さっき局の食堂で俵チーフプロデューサーと顔を合わせたとき、的場監督の助監督を務めてた片桐健斗さんのことが話に出たの。その彼は『東京漂流民物語』でも的場監督の助手を務めることになってて、東洋テレビの刈谷チーフディレクターと一緒にシングルマザーやネットカフェ難民にインタビュー取材に応じてくれないかと交渉してたらしいのよ」

「そうなのか。その片桐という助監督に会えば、一連の事件の核心に触れられるかもしれないな」

「片桐助監督は、半月ほど前にシンガポールで亡くなったの」

「シンガポールで？」

　力丸は早口で訊き返した。

「そうなんだって。投宿してるホテルのプールで泳いでるとき、急性心不全で急死したそうなのよ。まだ三十八歳だったし、心肺に持病はなかったというから、なんだかすっきりとしない話でしょ？」

「ああ、そうだな。遺体は現地で火葬されたのかな」

「ええ、そうだって。他殺の疑いはないと警察は判断したんで、遺族がシンガポールに駆けつける前に火葬しちゃったらしいのよ」

「なんか不自然だな。片桐助監督は的場監督に頼まれて、シンガポールで何かを調べてたんじゃないだろうか」

「俵プロデューサーもわたしもそんな気がしてきたので、一応、力丸さんに伝えておこうと思ったの。何か思い当たる？」

　亜弥が問いかけてきた。力丸は、何も思い当たらないと答えた。人質の理佳が聞き耳をたてているかもしれないと警戒心が働いたからだ。

「片桐さんの近くでシンガポール在住の三十代半ばの日本人男性が泳いでたらしいんだけど、その彼は急に姿が見えなくなったそうなのよ。もしかしたら、その男がプールの中で何かしたんじゃない？」

「何かって？」

「片桐助監督がショック死するような驚きを与えたとか、筋弛緩剤を注射したとかね」

「筋弛緩剤を遊泳中に注射されたら、溺死してしまうだろうな」

「そうでしょうね。片桐さんは、おそらく殺害されたんでしょう」

亜弥が言った。力丸は唸っただけで、返事をぼかした。

片桐助監督の近くで泳いでいたシンガポール在住の日本人男性が竜崎敏だったとしたら、他殺説にはうなずける。竜崎の恋人は、オーストラリア人の医者らしい。ドクターならば、筋弛緩剤も入手可能だろう。

「ね、一度、シンガポールに行ってみたら？」

「考えてみるよ。協力、ありがとう」

「水臭い言い方ね。わたしたちは他人じゃないのよ。未練たらしいけど、また電話してもいいでしょ？」

「それは……」

「わかったわ。もう終わりにする、残念だけど」

電話が切られた。

力丸は感傷的な気持ちを胸から追い払い、スマートフォンを上着の内ポケットに突っ込んだ。杉浦に呼び出しをかけてから、十七分が経過していた。

力丸は、じっと待った。だが、杉浦は一時間が経っても四〇五号室を訪れなかった。

「もう服を着てもいいよ。杉浦はそっちよりも自分が大事だったんだろう」

力丸は理佳に言って、玄関に足を向けた。

『参宮橋アビタシオン』のエントランスロビーを出たとき、風圧に似た銃弾の衝撃波が耳を撲った。銃声は聞こえなかった。消音型拳銃で狙撃されたのだろう。背後のコンクリートの壁に着弾した。

力丸は姿勢を低くして、アプローチを突っ走った。

マンション前の路上に出る。黒っぽい服を着た男が大型バイクを急発進させた。三十メートル以上は離れている。

追いかけても、間に合いそうもない。バイクは、みる間に遠ざかっていった。ナンバープレートは外されていた。的場と香取を射殺した実行犯だろう。

杉浦が『竜神会』の理事か、財部議員に刺客を差し向けてもらったのではないか。

力丸はそう筋を読みながら、あたりに視線を走らせた。杉浦が近くに身を潜めている気配はうかがえなかった。

力丸は、路上に駐めてあるクラウンに乗り込んだ。

イグニッションキーを回したとき、海老沢室長から電話があった。

「残念なことだが、裏切り者はやはり村上伸吾だったよ。子会社の調査会社の調べで、村上の姉さんの二歳の娘が重い心臓疾患(しっかん)を抱えて、移植手術を受けなければ、あと半年ほどしか命が保(も)たないことがわかったんだ。アメリカで心臓移植手術を受けるには、約一億円の費用がかかるというんだよ。村上は本庁組対(そたい)の黒瀬という刑事と隠れて会ってたというから、姪の手術代を警察の裏金で工面してもらう代わりに、われわれの秘密をリークしたんだろう」

「自分が村上を始末します」

「もう遅いんだ。村上は自分が抹殺されることを予感し、本庁に少し前に出頭したそうだよ」

「なんてことだ」

「村上は司法取引によって、やがて無罪放免になるだろう。しかし、われわれ裏仕事にタッチしてた者は全員、別件逮捕されて厳しい取り調べを受けることになるだろうな」

「室長、立件できるだけの物証は握られてないんです。みんなで口裏を合わせて、空とぼけつづけましょうよ」

「もちろん、そのつもりだ。ほかのメンバーにも会社に戻るよう指示するが、力丸もいったん帰社してくれないか」

「わかりました。その前に、室長に報告しておきましょう」

「何か大きな動きがあったんだな？」

「そうです」

力丸はスマートフォンを握り直した。

5

猛烈に暑い。

じっとしていても、汗が噴き出す。頭上の太陽はぎらついている。

力丸は、オムニ・マルコ・ポーロ・シンガポールのプールサイドに立っていた。助監督の片桐が死んだホテルだ。

井出理佳を人質に取ったのは三日前のことである。その夜、村上伸吾は警視庁本部庁舎内の留置場で自殺した。穿いていたトランクスを噛み千切って紐を作り、首を括ったという話だ。

村上は警察に出頭したものの、力丸たちの非合法行為については何も吐かなかったらしい。姪の心臓移植手術費欲しさにいったんは仲間たちを警察に売る気になったようだが、ぎりぎりのところで思い留まったのだろう。

あるいは、司法取引がもっともらしい餌だったと気づいて村上は絶望したのかもしれない。どちらにしても、力丸たちは捜査当局の強制捜査は受けずに済んだ。

そのことはありがたいが、メンバーのひとりが新たに故人になってしまったのは悲しい。哀しく、切なくもある。

なぜ村上は、姪の心臓移植手術費を工面できないで思い悩んでいたことを海老沢室長か自分に打ち明けてくれなかったのか。

相談してくれていたら、一億円程度の手術費は都合がついたにちがいない。穂積社長が快く全額をカンパしただろう。室長やメンバーたちも協力を惜しまなかったはずだ。

村上は若いながらも、律儀な面があった。公私混同は避けたかったのだろう。その気持ちはわからないではないが、仲間たちにはもっと甘えてほしかった。死で背信行為を償ったことはそれなりに評価できるが、やはり水臭いではないか。

力丸は額の汗を手で拭って、少し離れた場所でホテルマンと英語で会話を交わしている雨宮真衣を見た。

海老沢室長は、杉浦基彦と財部是典が前日の夕方にシンガポールに入国したという情報を得ていた。そんなわけで、力丸は英会話の上手な真衣を伴って今朝、直行便に搭乗したのである。およそ七時間のフライトだった。

力丸たち二人はチャンギ国際空港からタクシーで、シティ中心部に入った。片桐が亡くなったホテルはタングリン通りに面している。

シンガポールシティの中心地であるオーチャード通りから枝分かれしている大通りだ。道路の反対側には、有名なショッピングセンター『チューダー・コート』がある。

真衣がホテルマンに礼を言って、力丸に歩み寄ってきた。ホテルマンは四十年配だった。中国人とマレー人のハーフか、クォーターだろう。

「いまの彼がプールから、片桐助監督を引き揚げてやったんだそうです」

向かい合うと、真衣が言った。

「外傷は？」

「打撲傷や圧迫痕はなかったらしいんだけど、片桐さんの右腿に注射痕があって、少し出血してたという話でした」

「それじゃ、やっぱり片桐はプールで泳いでるときに筋弛緩剤を注射されたんだろう。死んだのは夕方だったよな？」

「ええ、外が薄暗くなったときだったそうよ」

「それなら、プールサイドの人影は多くなかったにちがいない。例のシンガポール在住の日本人については、ホテルマンはどう言ってた？」

「やはり、竜崎敏でした。『竜神会』の会長の息子は一階のフレンチ・レストラン『ラ・ブラッセリー』の常連客で、オーストラリア人女医マーガレット・トレーシーと連れだって食事に来てるらしいの」

「竜崎敏のオフィスはどこにあるんだって？」

「ビクトリア通りの奥にオフィスを構えてるようです。社名は、『ドラゴン・トレーディング』だそうです。姓が竜崎だから、そういう社名にしたんでしょうね」

「だろうな。マーガレット・トレーシーの勤務先は？」

力丸は訊いた。

「シンガポール総合病院の外科で働いてるそうよ。総合病院はニューブリッジ通りにあるとのことでした」

「どのへんなんだ？　おれ、シンガポールには初めて来たんで、よくわからないんだよ。雨宮は二度目だったよな？」

「ええ。マレー鉄道のシンガポール駅の近くにあります」

「そうか。なら、まずマーガレットの職場に行ってみよう」

「はい」

二人はホテルの表玄関に回り、客待ち中のタクシーに乗り込んだ。

タクシードライバーは中国系シンガポール人で、五十年配だった。ドライバーは客が日本人とわかると、ブロークン・イングリッシュで自国の自慢話をしはじめた。

「シンガポールの国土は狭いけど、国際都市国家ね。治安もいいし、食通天国だよ。

中国料理、インドネシア料理、マレー料理、インド料理、タイ料理、フランス料理、イタリア料理のどれもおいしいね。屋台も清潔で、値段が安い」

「わたしは、ニョニャ料理がおいしいと感じたわ」

真衣が言った。

「あなた、シンガポール人になったほうがいい。ニョニャ料理は大勢の国民に好まれてる。あなた、独身か？」

「ええ」

「わたしの息子と結婚したら、ニョニャ料理、毎日、食べられるよ。それ、ハッピーなことでしょ？」

運転手が愉しげに言って、ハンドルを右に切った。力丸は真衣に小声で話しかけた。

「ニョニャ料理って？」

「中華料理とマレー料理をミックスさせたシンガポールの家庭料理なの。豚肉や干し椎茸をココナツミルクで味付したエスニック料理なんですよ。ポピアと呼ばれてる春巻とかラクサというマレー風のきしめんなんかがおいしいの」

「昔の彼氏と仲良くニョニャ料理を喰ったんだ？」

「連れは女性でした。男なんて……」

「雨宮が男嫌いになった理由を知りたいな」

「厭な過去を思い出させないでください」

真衣が硬い声で言い、形のいい唇を引き結んだ。

力丸は低く詫び、口を噤んだ。車内は静寂に支配された。運転手は気配を察し、無駄口をきかなくなった。

それから二十分弱で、シンガポール総合病院に着いた。

力丸はシンガポールドルで料金を払い、総合病院の一階ロビーに入った。真衣が英語で記された総合案内板を見て、外科の診療室が三階にあることを確かめた。

二人はエスカレーターで三階に上がった。外来患者は疎らだった。

待合室のベンチに腰かけて間もなく、診療室5から二十八、九歳の白人女医が姿を見せた。金髪だった。

「彼女がマーガレット・トレーシーね」

真衣が胸の名札を見ながら、小さく耳打ちした。

「マーガレットを人目につかない場所に連れ込もう」

「トイレに行くのかもしれませんね」

「雨宮、もっともらしいことを言って、マーガレットを地下駐車場に誘い込んでくれないか」

力丸は先にベンチから立ち上がり、エレベーター乗り場に向かった。地下駐車場に下り、エレベーターホール近くのコンクリート支柱の陰に身を隠す。

六、七分待つと、函から二人の女性が出てきた。真衣とマーガレットだった。

力丸は笑顔でオーストラリア人女医に近づき、無言で当て身を見舞った。

マーガレットが呻いて、前屈みになった。力丸はマーガレットを肩に担ぎ上げ、駐車場の奥まで走った。車の陰に入り込み、金髪女医を肩から下ろす。ぐったりとしているマーガレットの背をコンクリート壁に凭せかけ、真衣に顔を向けた。

「職場から無断で筋弛緩剤のアンプルと注射器を持ち出して、竜崎敏に渡したかどうか訊いてみてくれ」

「了解！」

真衣が屈み込み、マーガレットの乳房を鷲摑みにした。マーガレットが唸って、意識を取り戻した。すぐに驚きの声をあげた。

「騒いだら、撃ち殺すわよ」

真衣が銃器を所持している振りをし、英語で詰問しはじめた。

マーガレットはためらいながらも、真衣の問いかけに答えた。遣り取りは、それほど長くなかった。せいぜい二、三分だった。

「やっぱり、主任の推測通りでした。マーガレットは竜崎敏に頼まれて、筋弛緩剤のアンプルと注射器をこの病院から盗み出したそうです」

「そうか。なら、竜崎敏が片桐健斗をプールの中で殺したんだろう」

「それは間違いないと思います。竜崎敏は片桐に非合法ビジネスのことを知られたんで、始末しなければならなくなったと言ってたそうです」

「非合法ビジネス？」

「ええ。竜崎は特許権の売買の本業があまり儲からないので、核兵器などに転用可能な精密機器や技術情報を先進国から買い付け、イラン、北朝鮮、インド、パキスタンなんかに転売して、だいぶ儲けてるそうよ。それから、竜崎父子は財部議員の核シェルター建設会社にも出資してるって話です」

「一方で核兵器に転用可能な精密機器、ミサイルや無人飛行機の推進装置の技術ノウハウなんかを売り、その一方で核シェルター建設会社に出資してるのか。マッチ・ポンプだな。自分で放火しておきながら、澄ました顔で消火に当たる。竜崎会長と息子は節操もなく、金を追い求めてやがるんだろう」

「主任、厚労省の杉浦局長や財部議員も竜崎父子と同類なのかもしれませんよ。二人は保守主義者なんでしょうけど、真の愛国心を持ってるのかしら？　国粋主義者なら、竜崎敏の裏ビジネスを容認するとは思えないわ」

「そうだな。杉浦は愛人の井出理佳に目的のためだったら、敵とも手を結ぶと洩らしてたらしい。財部と杉浦はあらゆるマスコミを支配し、さらに右傾化を強めたいという野望を抱いてるようだ。二人がシンガポールに来たのは、北朝鮮の将軍の側近に会うためなのかもしれないぞ。財部は中国政府に入国を拒否されるだろうから、北京(ペキン)で北朝鮮の高官と落ち合うことはできない。しかし、シンガポールなら、どちらも入国可能だ」

「主任の推測が正しければ、財部は北朝鮮にもっと核実験をやってくれと煽(あお)って、日本や韓国に核の脅威を与えさせたいと企んでるってことですね？」

「そうだ。そうすれば、日本の公的機関や巨大企業は核シェルターを造る気になるだろう。そういう出来レースを重ねてれば、北朝鮮の暴挙に本気で怒ってるアメリカ政府も北の独裁国家に交渉の機会を与えるかもしれないじゃないか」

力丸は言った。

「ええ、そうですね。国際社会で孤立してる北朝鮮は自滅覚悟で周辺国に核の威力を誇示してると見せかけ、すべての経済制裁を解除させて巨額の援助をさせようと目論んでるんでしょうか」

「ああ、考えられるね。あの国は、なかなか強(したた)かで抜け目がないからな」

「そうですね」

真衣が同調した。

力丸はブロークン・イングリッシュでマーガレットに話しかけた。

「あんた、まだこの病院で働きたいと思ってるんだろう？」

「もちろんよ」

「だったら、おれたちのことは竜崎敏には何も言わないことだな。もし喋ったら、そっちが職場から筋弛緩剤のアンプルと注射器をかっぱらったことをシンガポールの警察に教えるぞ。筋弛緩剤は殺人に使われたわけだから、あんたは共犯者ってことになって、刑務所行きだ。当然、医師の資格は剝奪(はくだつ)されるだろう」

「それは困るわ。敏のことは嫌いじゃないけど、結婚は望んでないの」

「それだったら、余計なことは言わないことだ」

「オーケー、そうするわ」

「いま竜崎は自分のオフィスにいるんだな？」

「いると思う」

「竜崎の父親は息子の自宅に泊まってるのか？」

「一昨日(おととい)までは、お父さん、敏のマンションに泊まってたの。でも、もういないわ。日本から二人の知り合いがシンガポールに来たんで、シンガポール本島の南に散在するサザン・アイランズの一つのハンツー島の貸別荘に移ったのよ」

「知り合いというのは杉浦と財部なんじゃないか？」

「ええ、そういう名だったわ。敏のお父さんたち、北朝鮮の政府高官と大事な話があるんだと言ってた。詳しいことは敏から聞いてちょうだい。わたしは、それ以上のことは知らないの」

マーガレットが両手を大きく拡げ、肩を竦めた。

力丸は目顔で真衣を促し、先に歩きだした。すぐに真衣が従いてくる。二人は一階ロビーに上がり、総合病院前でタクシーに乗った。

『ドラゴン・トレーディング』を探し当てたのは数十分後だった。

タクシーが走り去ると、真衣が提案した。

「わたし、色仕掛けで竜崎敏を事務所からなんとか連れ出して、人のいない場所に連れ込みます」

「男嫌いがハニートラップを使うって、いったいどうしちゃったんだ？」

「わたし、別に男嫌いじゃありません。惹かれる男がいないだけですよ」

「おっ、言うじゃないか。危険な賭けだぞ。竜崎が雨宮を怪しんだら、弾除けにされるだろうからな」

「そのときは主任が救けてください」

「わかった。おれは外で待ってる。うまくやってくれ」

力丸は言った。

真衣が神妙な顔でうなずき、『ドラゴン・トレーディング』に入った。コロニアル風の造りで、三階建ての木造家屋だった。力丸は通行人を装いながら、『ドラゴン・トレーディング』の出入口から目を離さなかった。

十五分ほど経つと、真衣が表に走り出てきた。

竜崎に押し倒されそうになって、怯んでしまったのか。多分、そうなのだろう。

「失敗踏んだようだな？」

力丸に真衣は走り寄った。

「違います。竜崎が迫ってきたんで、汗を流してきてほしいって、シャワールームに行かせたんですよ。事務所には竜崎だけしかいませんでした。オフィスの中で、竜崎を締め上げましょう」

「よし、そうするか」

「シャワールームは二階にあるんです」

真衣がそう言い、案内に立った。力丸は真衣に従い、竜崎のオフィスに入った。

二人は足音を殺しながら、二階に上がった。

シャワールームは奥まった場所にあった。ドアの向こうで、シャワーの音がする。鼻歌も聞こえた。竜崎はマーガレットの体に飽きてしまったのだろう。

「ねえ、わたしも一緒にシャワーを浴びたくなっちゃった」

真衣が甘い声で、ドア越しに声をかけた。

「大歓迎だよ」

「それじゃ、ロックを外して」

「ロックなんかしてない。いつでも入ってこいよ」

竜崎が答えた。真衣が横に動いた。

力丸は口の端を歪めた、ドアを開けた。竜崎が目を丸くした。ペニスは早くも角笛のように反り返っていた。久しく日本人女性の柔肌には触れていないようだ。

「引っかかったな」

力丸は冷笑し、竜崎の顔面にストレートパンチを叩き込んだ。竜崎が背をタイルに打ちつけ、尻から落ちた。

シャワーヘッドを握ったままだった。力丸はコックの栓を閉め、竜崎を蹴りまくった。場所は選ばなかった。加減もしなかった。

わずか数分で、竜崎の顔は血みどろになった。鼻血を垂らし、口からは鮮血を流している。いつの間にか、陰茎は萎えて半ば繁みに埋まっていた。

「そっちの父親、財部、杉浦の三人はハンツー島の貸別荘にいるんだなっ」

「誰なんだ、おまえは！」

「世話を焼かせやがる」

力丸はライターを取り出し、炎のバルブを全開にした。炎で顔面や胸を容赦なく焼く。たちまち無数の火腫れができた。

「そうだよ。もう勘弁してくれーっ」

「財部たちが会うことになってるのは、北朝鮮の高官なんだな？」

「ああ、そうだ。将軍の側近中の側近の姜石薫さんだよ。彼は軍部の最高責任者で、アメリカが折れるまで周辺国を核の脅威で竦み上げさせろと将軍に命じられてるらしいんだ」

「財部たちは姦って奴をもっと煽って、核シェルター建設の注文を増やしたいと考えてるんだな？」

「そうだよ。財部さんと杉浦さんは新聞社、テレビ局、大手出版社を支配して、進歩的文化人の発言の場を完全になくしたいと考えてるんだ。親父とおれは、ただ……」

「楽して金儲けをしたいだけか？」

「ま、そうだな」

「だから、汚れ役も引き受けたわけか」

「え？」

「マーガレットから手に入れた筋弛緩剤で映画助監督の片桐健斗をホテルのプールで殺したのは、おまえだよなっ」

「そうだよ。片桐って奴は的場監督に頼まれて、おれの裏ビジネスのことを嗅ぎ回ってたんだ。こっちが核兵器の技術ノウハウを姜さんに流してることがわかったら、財部さんや杉浦さんの不正もバレちゃうからな」

「監督とガードマンの二人を射殺したのは誰なんだ？」

「親父の直系の舎弟分の米倉孝夫って奴だよ」

「姜の護衛官は何人いる？」

「三人の護衛官はシティのラッフルズホテルにいるよ。ハンツー島の貸別荘にいるのは、姜さん、財部さん、杉浦さん、おれの親父の四人だけだ」

「そうかい」

「あんたたちのことは誰にも言わない。だから、もう帰ってくれないか」

竜崎が言った。

力丸は返事をしなかった。無言でシャワーノズルを竜崎の首に巻きつけ、力まかせに絞めた。竜崎が呻き、じきに息絶えた。半目で、舌を覗かせている。

「今回は汚れた金を集金する時間はないな。室長の了解を得たら、財部たち四人をすぐ地獄に送ろう。実行犯の米倉って奴は、笠たちに始末させるよ」

力丸は真衣に言って、先にシャワールームを出た。

島影が見えてきた。

ハンツー島だ。シンガポール本島の沖合に点散する諸島群の一つである。リゾートアイランドとして開発されたセントサ島やセント・ジョンズ島と違って、ゴルフ場やレジャー施設はない。定期便も運航されていなかった。

力丸は六人乗りのモーターボートを操縦していた。午後十一時過ぎだった。

マリーナ湾を出航したのは一時間数十分前である。

力丸はわざと迂回（うかい）し、何度か海上でエンジンを切って、夜釣りをする振りをした。シンガポール警察に尾行されているかもしれないと思ったからだ。

力丸はモーターボートを相場の三倍の料金で借りる前に、シティの東部にあるインド人街の闇市場（ブラックマーケット）で三発の手榴弾（しゅりゅうだん）を買っていた。そのため、警戒心を強めたわけだ。だが、追跡されている気配はうかがえなかった。

「主任、そろそろスピードを落としたほうがいいと思います。エンジン音が財部たちに聞かれたら、迎撃されるかもしれないので」

助手席で、真衣が言った。

力丸はモーターボートの速度を落とした。無風状態だった。海原（うなばら）のうねりは小さい。微速で、ゆっくりと桟橋（さんばし）に近づいていく。

舫（もや）われている船舶は見当たらない。財部たち四人は貸別荘を発（た）つとき、チャーター船を電話で呼ぶことになっているのだろう。

やがて、モーターボートが桟橋に達した。

力丸はモーターボートを桟橋に横づけし、エンジンを素早く切った。舫い綱をビットに巻きつけ、野戦ジャケットを羽織る。ポケットには、三発の手榴弾が入っていた。

「雨宮は、ここで待っててくれ。おれが悪人どもをミンチにしてくるよ」

「わたしも行きます。主任のアシストもしたいし、悪党たちがくたばるところをこの目で見たいんですよ」

「そうか。なら、一緒に行こう」

「はい」

二人は桟橋に移り、熱帯林が連なる台地に足を向けた。潮の香が濃い。
五、六十メートル進むと、左手に大きな貸別荘が見えてきた。
窓は明るい。電灯が点いていた。

広いテラスに白いガーデンテーブルが置かれ、四人の男が椅子に腰かけている。

財部、杉浦、竜崎の三人は、すぐにわかった。財部の隣にいる五十四、五歳の男は目が細く、頬骨が高い。癖のある日本語を使っていた。北の将軍の側近の姜だろう。

力丸は真衣と防風林に沿って横に進んだ。

男たちは酒を酌み交わしていた。話し声も、はっきりと聞こえるようになった。

「姜さん、なんなら佐渡島にテポドンを落としちゃってくださいよ。そうすれば、核シェルターを建設したがる企業が一気に増えるでしょうから」

「財部先生は危ないことをおっしゃる。そこまでやったら、核戦争起こります。わたしたちの将軍、それは望んでません」

「冗談ですよ。わたしも、それほど欲は深くない」

「いいえ、先生は強欲です。反共なのに、わたしたちと手を組んで、もっとお金欲しがるんだから」

「わたしは私腹を肥やしたいわけじゃないんですよ。美しい祖国の復興のため、何がなんでも世直ししたいんです」

「そういうことにしておきますか。先生もわたしも狸（たぬき）です。同じ狸なんですから、今後も仲良くしましょうよ」

「そうですね。それじゃ、みんなでもう一度乾杯しましょう」

財部が言って、杉浦の肩を叩いた。杉浦が四つのグラスにビールを注ぐ。

「四人とも生きる価値がありませんね。早くこの世から消えてもらいましょう」

真衣が言って、右手を差し出した。

力丸は野戦ジャケットから草色の手榴弾を掴み出し、真衣の掌（てのひら）に載（の）せた。自分も手榴弾を手に取る。二人はテラスに向かって走りだした。駆けながら、ピン・リングを引く。五秒後、同時にガーデンテーブルに投げつけた。

オレンジ色がかった赤い閃光が走り、炸裂音が轟いた。四人の男が相前後して宙に舞い上がり、十メートル近く噴き飛ばされた。

財部の頭部は原形を留めていない。杉浦の右腕は捥げている。竜崎の両脚はなかった。姜の顔は半分ほど欠けていた。

「もう誰も生きていないだろう。雨宮、引き揚げようか」

「はい」

「主任、ホテルに戻ったら、同じ部屋で寝ませてください」

「えっ⁉」

「もう察しがついてるでしょうけど、わたし、五つのとき、近所のおじさんに性的ないたずらをされたんですよ。だから、大人になっても、ずっと冷感症で……」

「そうだったのか」

「でも、主任に優しく抱いてもらえれば、ちゃんと悦びを感じられそうな気がしてるの。試してもらえます？」

「ああ、おれでよければな」

力丸は真衣の肩に右腕を回した。真衣が身を寄り添わせてきた。

二人は桟橋に向かって歩きだした。

満天の星は眩いほどだった。力丸はありし日の香取昌樹の姿を思い起こしながら、足を速めた。

本書は二〇〇九年七月に徳間書店より刊行された『私憤覆面猟犬』を改題し、大幅に加筆・修正しました。

本作品はフィクションであり、実在の個人・団体などとは一切関係がありません。

文芸社文庫

スナッフ・ムービー
生殺人映画

猟犬稼業

二〇二〇年八月十五日　初版第一刷発行

著　者　南英男

発行者　瓜谷綱延

発行所　株式会社　文芸社
〒一六〇‐〇〇二二
東京都新宿区新宿一‐一〇‐一
電話　〇三‐五三六九‐三〇六〇（代表）
〇三‐五三六九‐二二九九（販売）

印刷所　図書印刷株式会社

装幀者　三村淳

ISBN978-4-286-22126-7